www.ingramcontent.com/pod-product-compliance
Lightning Source LLC
LaVergne TN
LVHW010828051026
849532LV00007B/2647
* 9 7 8 9 3 6 9 0 8 9 9 4 9 *

دوپہر اور جگنو

(افسانے)

محمد منشا یاد

Dopahar aur Jugnuu (Short Stories)
by: Muhammad Mansha Yaad
Edition: January '2026
Publisher :
Taemeer Publications LLC (Michigan, USA / Hyderabad, India)

ISBN 978-93-6908-994-9

کتاب	:	**دوپہر اور جگنو** (افسانے)
مصنف	:	**محمد منشا یاد**
بہ تعاون	:	الف یار ڈاٹ کام ویب سائٹ
صنف	:	فکشن
ناشر	:	تعمیر پبلی کیشنز (حیدرآباد، انڈیا)
سالِ اشاعت	:	۲۰۲۶ء
صفحات	:	۱۰۸
سرورق ڈیزائن	:	تعمیر ویب ڈیزائن

فہرست

پیش لفظ

دوپہر اور جگنو جدید اردو افسانے کے ایک ایسے معتبر اور گہرے فنکار محمد منشا یاد کے منتخب افسانوں کا مجموعہ ہے، جنہوں نے اردو فکشن کو دیہی زندگی کی مٹی، شہری تضادات کی کڑواہٹ اور انسانی باطن کی پیچیدگیوں سے ہمکنار کیا۔ منشا یاد محض افسانہ نگار نہیں تھے بلکہ وہ اپنے عہد کے سماجی شعور، انسانی درد اور تہذیبی سچائیوں کے امین تھے۔ ان کے افسانے قاری کو محض کہانی نہیں سناتے بلکہ اسے زندگی کے اس سمندر میں اتار دیتے ہیں جہاں وقت، یاد، محرومی، خواہش اور شناخت ایک دوسرے میں گھل مل جاتے ہیں۔

اس مجموعے میں شامل نو افسانے — تیرھواں کھمبا، نظر آلباس مجاز میں، چاہ در چاہ، دیوار گریہ، دام شنیدن: ڈنگر بولی، ماس اور مٹی، الہام، باگھ بگھیلی رات، دوپہر اور جگنو — منشا یاد کے فکری اور فنی ارتقا کا جامع آئینہ ہیں۔ یہ افسانے دیہی پنجاب کی سادہ مگر گہری زندگی سے نکل کر شہری تمدن کے الجھے ہوئے مسائل تک پھیلے ہوئے ہیں۔ یہاں کسان، مزدور، مفلوک الحال انسان، متوسط طبقہ، سرکاری افسر، اور شہری طاقت کے نمائندے سب اپنی پوری نفسیاتی ساخت کے ساتھ

موجود ہیں۔

منشا یاد کی افسانہ نگاری کی سب سے بڑی خوبی ان کی کردار نگاری ہے۔ وہ کردار کو کسی خارجی واقعے کا تابع نہیں بناتے بلکہ کردار کی ذات، اس کے باطن، اس کے خوف، اس کی ناکام تمناؤں اور اس کی خاموش چیخوں کو براہِ راست قاری کے سامنے رکھ دیتے ہیں۔ یہی وجہ ہے کہ ان کے کردار محض افسانے کے کردار نہیں رہتے بلکہ قاری کی یادداشت کا حصہ بن جاتے ہیں۔ ان کے ہاں علامت محض علامت نہیں بلکہ ایک جیتی جاگتی حقیقت ہے جو کہانی کے تانے بانے میں فطری طور پر جذب ہو جاتی ہے۔

منشا یاد کے افسانوں میں دیہی زندگی کی خوشبو، میلوں ٹھیلوں کی ثقافتی علامتیں، اور سماجی رشتوں کی سچائیاں پوری شدت سے موجود ہیں۔ وہ رومانیت اور حقیقت نگاری کے امتزاج سے ایسا توازن قائم کرتے ہیں جہاں نہ عریانی ہے اور نہ مصنوعی جذباتیت۔ ان کا فن انسان دوستی، سماجی اصلاح اور اخلاقی شعور سے جڑا ہوا ہے۔

دوپہر اور جگنو نامی یہ کتاب اس عظیم افسانہ نگار کو خراجِ عقیدت بھی ہے اور اردو افسانے کے سنجیدہ قارئین کے لیے ایک فکری تجربہ بھی۔ منشا یاد اگرچہ جسمانی طور پر ہم میں موجود نہیں، مگر ان کے افسانوی کردار اور ان کی تخلیقی روشنی ہمیشہ اردو ادب میں زندہ رہیں گے۔

ا

تیرھواں کھمبا

گارڈ نے وسل دے دیا تھا اور سبز جھنڈی لہرا دی تھی، جب ایک نو بیاہتا جوڑا اس کے سامنے کی سیٹوں پر آ کر بیٹھ گیا اسے ایسا لگا جیسے وہ آرام دہ سیٹ پر نہیں بیٹھا تپی ہوئی ریل کی پٹڑی پر اوندھے منہ پڑا ہے۔

لڑکی اسے دیکھ کر یوں ہکا بکا رہ گئی جیسے وہ راولپنڈی جانے والی ریل کار کی بجائے ملتان جانے والی ریل کار میں سوار ہو گئی ہو۔

اس کے شوہر نے رومال سے اس کے لئے سیٹ صاف کرتے ہوئے بڑی محبت سے کہا۔

"بیٹھو انجی۔"

"انجی۔۔انجی۔۔انجی"

اس پر چاروں طرف سے پتھر برسنے لگے۔

اس کا سارا بدن لہولہان ہو گیا اسے ایسے لگا جیسے تیز رفتار ریل کار کا انجن اس کے اوپر سے گزر گیا ہو اور اس کے جسم کی بوٹیاں ہوا میں اُڑ رہی ہوں۔ وہ اپنی سیٹ پر کھڑکی کی طرف منہ کر کے بیٹھا تھا لیکن ایک تیسری آنکھ اس کی کنپٹی پر اُگ آئی

تھی۔ وہ محسوس کر رہا تھا کہ اس کی موجودگی سے وہ پریشان ہو گئی ہے۔ اس کے چہرے کا رنگ پھیکا پڑ گیا ہے اور منہ کا ذائقہ خراب ہو گیا ہے۔ اس نے ادھر ادھر دیکھا مگر کہیں کوئی سیٹ خالی نظر نہ آئی۔ اس قدر طویل سفر کھڑے ہو کر طے کرنا مشکل کام تھا وہ اپنی سیٹ پر بیٹھا رہا پھر اس نے تہہ کیا ہوا اخبار، جس کا ایک ایک لفظ وہ پہلے ہی پڑھ چکا تھا، نکالا اور اپنے جسم کو اخبار کے اوراق کے پیچھے چھپانے کی ناکام کوشش کرنے لگا۔

ریل کار کے آہنی پہیئے حرکت میں آئے۔ وہ کھڑکی سے باہر دیکھ رہی تھی، پلٹ کر اپنے شوہر سے باتیں کرنے لگی۔ اور وہ۔۔ وہ بظاہر اخبار پڑھ رہا تھا مگر اس کے اندر کوئی طاقت ور انجن جلدی جلدی کانٹے بدل رہا تھا۔ اخبار چھوڑ کر اس نے کھڑکی کے باہر کے منظر میں پناہ لی۔۔ دور دور تک ریل کی پٹڑیوں کا جال بچھا ہوا تھا۔ ریل کے خالی، فالتو اور بے کار ڈبے کونوں میں چپ چاپ کھڑے تھے اور کانٹے بدلتی فاصلے طے کرتی ہوئی ریل کار کو رشک بھری نظروں سے دیکھ رہے تھے۔

ریل کی بے شمار پٹڑیاں دیکھ کر اسے خیال آیا کہ اگر وہ ریلوے انجن ہوتا تو بوکھلا جاتا اور یقیناً کسی غلط پٹڑی کا انتخاب کر کے کسی دوسرے انجن سے ٹکرا جاتا۔ ٹکرانے کے خیال سے اسے لذت ملی اور اس کا جی چاہنے لگا کہ کاش وہ واقعی کوئی طاقتور انجن ہوتا جو کسی غلط پٹڑی پر دندناتا، شور مچاتا، چنگھاڑتا اور خس و خاشاک کو اپنے ساتھ اڑاتا کسی دوسرے انجن سے ٹکرا کر پاش پاش ہو جاتا۔ انجن کے نیچے آ کر کچلے جانے اور انجن بن کر کسی دوسرے انجن سے ٹکرا کر پاش پاش ہو جانے میں کتنا فرق تھا۔

ریل کار اب راوی عبور کر رہی تھی۔

بوٹنگ کرتے ہوئے لوگ نظر آئے تو اس نے تڑپ کر لڑکی کی طرف دیکھا۔ مگر اس نے کوئی توجہ نہ دی وہ اپنے شوہر سے سرگوشیوں میں مصروف تھی۔

راوی کسی خوبصورت لمحے کی طرح گزر گیا۔۔ مگر اس کے دل میں دیر تک چپو چلتے رہے۔

اور ابھی وہ ایک سرد آہ بھی نہیں کھینچ سکا تھا کہ کھجوروں میں گھری ہوئی مقبروں کی عمارتیں ایک حسین سپنے کی طرح دکھائی دینے لگیں۔ جہانگیر اور نور جہاں کے مقبرے قریب قریب تھے، مگر ان میں ریل کی پٹڑیاں حائل ہو گئی تھیں۔ وہ زنجیر کھینچے بغیر تیز رفتار ریل کار سے اتر گیا اور لمبے لمبے ڈگ بھرتا ہوا پانچ برسوں کا طویل سفر طے کرنے لگا۔

پانچ سال پہلے ایک شام مری میں اسے اس کا تار ملا تھا کہ فوراً لاہور پہنچو۔ اس نے لباس تبدیل کرنے کی بھی ضرورت محسوس نہ کی تھی۔ سخت پریشانی کے عالم میں وہ اسی وقت لاہور کے لئے روانہ ہو گیا تھا۔ جب وہ اگلی صبح خیبر میل سے اتر کر بغیر منہ ہاتھ دھوئے بغیر ناشتہ کئے اور بغیر اپنے لباس سے گرد جھاڑے گرلز ہوسٹل پہنچا تو وہ اسے گیٹ کے قریب اپنی منتظر ملی۔ نوخیز کلی کی طرح ابھی ابھی چٹکی ہوئی۔ نئی وضع کے خوش رنگ لباس میں جگمگاتی اور چھلکتی گنگناتی۔ وہ پریشان تھا اس نے اسے تار دے کر کیوں بلایا تھا۔ ایسی کیا بات تھی۔ خدا خیر کرے وہ راستہ بھر سوچتا اور دعائیں مانگتا آیا تھا۔ مگر جب اسے پتہ چلا کہ آج چھٹی تھی اور وہ اس کے ساتھ آؤٹنگ کے لئے جانا چاہتی تھی تو اس کی ساری تھکن دور ہو گئی۔ وہ بہت خوش ہوا

مری سے لاہور تک کا فاصلہ سمٹ کر ایک نقطہ بن گیا۔ راستے کی ساری گرد زر گل تھی اور بس اور ٹرین کا اکتا دینے والا طویل سفر پینگ کا ایک ہلارا محسوس ہو رہا تھا۔ اپنا شکن آلود لباس اور گرد سے اٹے ہوئے بال اسے اچھے لگ رہے تھے، جیسے اس نے ہیرو کا رول فلم بند کرانے کے لئے میک اپ کرر کھا ہو۔۔ اور سچ مچ وہ نگاہوں کے کیمرے سے اس کی تصویریں اتار رہی تھی۔ پھر جب وہ واپس مری چلا جائے گا تو تنہائی کے بند کمرے میں وہ اس فلم کو ڈب کرے گی اور سارے نیگیٹوز یادوں کی کسی ایسی الماری میں چھپا دے گی کہ وہ لاکھ سر پٹختا رہے کبھی اس کے ہاتھ نہ آئیں گے۔

وہ حیران تھا وہ ایکا ایکی اس پر اس قدر مہربان کیسے ہو گئی تھی وہ تو ہمیشہ ہر تصویر اس سے چھپا کر رکھتی تھی پھر آج؟۔۔ شاید وہ اب تک اسے آزما رہی تھی۔ شاید آج وہ اس کانٹے کا بھی ذکر کر دے جو اسے اندر ہی اندر لہولہان کرتا رہتا مگر وہ بظاہر ہنستی مسکراتی دکھائی دیتی تھی۔ کوئی انجانا سا اندیشہ اسے خوشی کے لمحوں میں بھی اداس رکھتا تھا مگر وہ کچھ نہ بتاتی تھی، پوچھنے پر جھوٹ ہنسی ہنسنے لگتی تھی۔

ہوٹل میں چائے کی میز سے اٹھ کر وہ باتھ روم چلا گیا ہاتھ منہ دھویا بال درست کئے اور پھر اس کے ساتھ مل کر ناشتہ کیا وہ خوشی سے کھلی جا رہی تھی۔

مجھے یقین تھا تم ضرور آؤ گے۔

میرا اندازہ تھا تم خیبر میل سے پہنچو گے۔

میں جانتی تھی تم ناشتہ میرے ساتھ مل کر کرو گے۔

میں جانتی تھی تم گاڑی سے اتر کر سیدھے میرے پاس آؤ گے۔

میں جانتی تھی۔۔ مجھے معلوم تھا۔۔ مجھے یقین تھا۔

میں جانتی تھی۔۔ میں جانتی تھی۔۔ میں جانتی تھی۔

"تم نہیں جانتی ہو انجی۔۔ میں نے ولایت میں اتنا عرصہ کیسے گزارا۔" اس کے شوہر نے کہا۔

"میں جانتی ہوں۔ میں جانتی ہوں۔" وہ کوئی جواب نہ دے سکی۔

ریل کار بھاگتی جا رہی تھی، مڑ کر نہیں دیکھتی تھی۔ مڑ کر نہیں دیکھ سکتی تھی۔

اس کا جی چاہا اپنے ہاتھ کو دانتوں سے کاٹ کر دیکھے کہ کہیں اس کا جسم سن تو نہیں ہو گیا۔ اس نے دانتوں سے اپنے ہاتھ کاٹنے کے لئے ہاتھ کو تلاش کیا مگر اس کے دونوں ہاتھ کٹ چکے تھے پھر اس نے دیکھا اس کی دونوں ٹانگیں بھی نہیں تھیں۔ اس نے گھبرا کر اپنے جسم کو تلاش کی مگر وہ سیٹ جو اس نے اپنے لئے ریزرو کروائی تھی اب خالی پڑی تھی۔ اسی لمحے اس کے کہیں قریب ہی کوئی کلی چٹکی۔۔ جانی پہچانی مہک کا ہلکا سا جھونکا آیا اور وہ یہ جان کر مطمئن ہو گیا کہ وہ جسم کے بغیر بھی سونگھ سکتا ہے۔

پھر سونے کی چوڑیوں کی سرد سرد سی کھنک سنائی دی اس کا مطلب ہے وہ سن بھی سکتا ہے ہاں وہ سونگھ سکتا ہے سن سکتا ہے، سوچ سکتا ہے، رو سکتا ہے اور گا سکتا ہے!

وہ گانے لگا۔

"ڈولی چڑھدیاں ماریاں ہیر چیکاں، مینوں لے چلے بابلا لے چلے وے"

وہ گاتا رہا۔۔ درخت، گاؤں، کچے پکے راستے، فصلیں، تالاب اور ریلوے

اسٹیشن ایک ایک کر کے گزرتے رہے۔ ہیر وارث شاہ سے اسے بہت سے اشعار یاد تھے۔ ایک بند ختم ہوا تو اس نے دوسرا شروع کر دیا:

"وارثؔ، رن، فقیر، تلوار، گھوڑا چارے تھوک ایہہ کسے دے یار ناہیں۔"

اس کی آواز بلند سے بلند تر ہوتی گئی۔ اس کی آواز میں بڑا سوز اور درد تھا۔ مگر پورے ڈبے میں کسی نے اس کے گانے کی طرف توجہ نہیں دی شاید سب لوگ کانوں میں انگلیاں ٹھونس کر بیٹھے تھے۔ وہ دونوں برابر سرگوشیاں کر رہے تھے۔ اس کے گانے سے ذرا ڈسٹرب نہیں ہوئے۔ وہ خاموش ہو گیا۔ اس کا دل بیٹھ گیا اور کان کھڑے ہو گئے۔

کہیں مڈل ایسٹ اور ویت نام، کہیں روس اور امریکہ اور کہیں سوشلزم پر بحث ہو رہی تھی۔ کہیں ہنی مون کا اور کہیں مری کے مناظر کا ذکر ہو رہا تھا۔ اسے ڈائننگ کار کے بیرے پر بڑا ترس آیا اس کی بات پر کوئی توجہ نہیں دے رہا تھا اس کا جی چاہا بیرے کو اپنے پاس بٹھا کر ہیر وارث شاہ کے اشعار سنائے۔ اسی وقت مری، سوات اور ہنی مون کے الفاظ کا شور اس قدر پھیل گیا کہ مڈل ایسٹ، ویت نام، روس، امریکہ، سوشلزم اور ڈائننگ کار کے بیرے کی آواز سب کچھ دب کر رہ گیا۔ اس نے اس شور سے بچنے کے لئے کانوں میں گاڑی کے پہیوں کا شور بھر لیا اور ٹیلیفون لائن کے کھمبے گننے لگا۔ ابھی وہ بارھویں کھمبے تک گن سکا تھا کہ دو ایک کھمبوں کا گھپلا ہو گیا۔ نہ جانے یہ تیرھواں کھمبا تھا یا چودھواں۔ وہ اسی الجھن میں تھا کہ دو ایک کھمبے اور گزر گئے۔ اب جو کھمبا سامنے تھا خدا جانے یہ سولھواں تھا یا سترھواں۔ اگر چودھواں در اصل تیرھواں تھا تو یہ پندرھواں یا پھر سولھواں کھمبا

ہو گا۔ مگر پندرھواں تو دراصل چودھواں تھا اور چودھواں، چودھواں کہاں تھا وہ تو اصل میں تیرھواں تھا، اس لحاظ سے۔۔؟

"میری صرف پندرہ چھٹیاں رہ گئی ہیں انجی۔"

تو اس لحاظ سے بیسواں دراصل پندرھواں، نہیں انیسواں ہوا اور سولھواں تو اس نے بالکل غلط گنا تھا۔ وہ اصل میں پندرھواں ہی تھا۔ دراصل کھمبے پندرہ سے زیادہ نہیں ہیں۔ ہر پندرہ کھمبوں کے بعد پھر پہلا کھمبا شروع ہو جاتا ہے۔ لیکن وہ کل کھمبوں کو گن کر پندرہ پر تقسیم بھی تو کر سکتا ہے۔ اسے یاد آیا، اس نے بچپن میں بہت سی چیزیں گنی تھیں۔ ستاروں کی تعداد تو اب اسے یاد نہیں آرہی تھی لیکن ایک میل میں شاید سترہ کھمبے تھے۔ اس نے سترہ کھمبوں سے ایک سو بچھتر میلوں کو ضرب دی۔ دس میل لمبی اس ضرب میں بہت سی چیزیں شامل ہو گئیں۔

درخت، فصلیں، پیدل جاتے ہوئے دیہاتی آدمی، کھیتوں میں چرتے ہوئے مویشی، بستی کو لوٹتے ہوئے بھیڑ بکریوں کے ریوڑ اور ریلوے لائن کے متوازی جاتی ہوئی شاہراہ اعظم کی بسیں، ٹرک، کاریں، بیل گاڑیاں اور شیشم کے درخت، اس حساب سے نہ جانے کتنی بھیڑیں، کتنے ٹرک، کتنے درخت اور کتنے کھمبے حاصل ضرب تھا اور نہ جانے اس حاصل ضرب کو پندرہ میلوں پر تقسیم کرنا تھا یا پندرہ بکریوں پر۔ مگر وہ تو کھمبے گن رہا تھا بارہ کھمبے اس نے ٹھیک طرح سے گن لئے تھے۔ تیرھویں کھمبے کا گھپلا ہو گیا تھا۔ اسے شمار میں نہ آسکنے والا کھمبا یاد آیا۔ بے چارہ تیرھواں کھمبا۔ بارہ برس پیچھے تو کوڑی کے بھی دن پھر جاتے ہیں۔ لیکن اس بیچارے کھمبے کے دن کبھی نہ پھرے۔ اسے پتہ ہی نہ چلا،

وہ پھر گانے لگا ہے۔ رت پھری پر دن ہمارے، پھرے نہ، پھرے نہ، پھرے نہ۔

پھر اسے تین اور تیرہ کی کہاوتیں اور طعنے یاد آئے۔

"تین بلائے تیرہ آئے دے دال میں پانی"

"نہ تین میں نہ تیرہ میں۔"

"نو نقد نہ تیرہ ادھار۔"

"چناب آگیا انجی!" اس کے شوہر نے کہا۔ "اور چائے بھی، چکن سلائس اور شامی کباب۔"

"اونہہ یہ کیسی باس ہے میں نہیں کھاتی۔"

"بھئی مچھلی کے کباب ہیں آج گوشت کا ناغہ ہے نا۔"

"بڑی خراب سی بو ہے شاید باسی مچھلی کے ہیں۔"

اس کی ران میں درد ہونے لگا۔ اس کا جی چاہا چیری ہوئی ران سے ساری پٹیاں اتار کر اسے دکھائے اور کہے:

"طوفان کی وجہ سے مجھے آج کوئی مچھلی نہ ملی اور میں نے اپنی ران چیر کر تمہارے لئے کباب تلے مگر تمہیں بو آتی ہے تم اسے باسی کہتی ہو۔"

مگر وہ کچھ بھی نہ کہہ سکا۔ سگریٹ سلگا کر پینے لگا۔

وہ چکن سلائس کھاتی اور چائے پیتی رہی۔ اس کے شوہر نے کہا۔

"ہاں انجی۔ ستار مجھے بھی بہت پسند ہے۔ میرا ایک دوست خوب بجاتا ہے کبھی سنیں گے۔"

اس نے ریل کار میں بیٹھے بیٹھے ٹیلیفون لائن کے کھمبے اکھاڑے۔ پھر ان کو آگے پیچھے کر کے اس طرح گاڑا کہ ڈھیلے ڈھالے تار تن گئے۔ پھر وہ کھڑکی سے ہاتھ باہر نکال کر ستار بجانے لگا۔ ستار بجاتے بجاتے اس کی انگلیاں لہولہان ہو گئیں۔ گجرات سے جہلم تک ٹیلی فون لائن کے سارے تار سرخ ہو گئے۔ مگر اسے کسی نے داد نہیں دی۔ جہلم ریلوے اسٹیشن پر ریل کار رکی تو اس کا شوہر کسی کام سے نیچے اتر گیا۔ اس کا جی چاہا وہ اس کا ہاتھ پکڑ کر دوسری طرف اتر جائے اور اسے واپس لے جا کر وہ سارے تار دکھائے جو سرخ ہو گئے تھے۔ پھر وہ دونوں ریلوے لائن کے ساتھ ساتھ بکھرے ہوئے وارث شاہ کے مصرعے چنیں اور گنتی میں نہ آسکنے والے تنہا اداس اور ویران کھمبے سے جا کر لپٹ جائیں اور اتنا روئیں کہ اس کھمبے کے چاروں طرف اور کچھ نہیں تو گھاس ہی اگنے لگے۔ پھر اس نے چاہا کہ وہ کوئی تڑپا دینے اور دل جلا دینے والا مکالمہ بولے جیسے فلموں کے ولن بولتے ہیں مگر وہ کچھ بھی نہ کہہ سکا۔ وہ بے چینی سے برابر اس دروازے کی طرف دیکھے جا رہی تھی جس سے اس کا شوہر پلیٹ فارم پر اترا تھا۔ تب اسے یاد آیا کہ وہ اس لڑکی کو بالکل نہیں جانتا۔

اس کا شوہر آیا تو وہ الجھ پڑی۔ "اتنی دیر لگا دی آپ نے؟"

"اوہ انجی۔۔ تم تو بچوں کی طرح پریشان ہو جاتی ہو؟"

شام گہری ہو گئی تھی۔

وہ کھڑکی کے شیشے میں اسے دیکھ رہا تھا۔ اس کے چہرے کے پس منظر میں ٹنڈ منڈ درخت، اداس کھمبے اور خشک پہاڑیاں تھیں۔ اندھیرا پھیلتا جا رہا تھا اور جس قدر اندھیرا پھیلتا جا رہا تھا کھڑکی کے شیشے میں اس کی تصویر اور واضح ہوتی جا رہی تھی۔

مگر وہ اندھیرے سے سہمی جارہی تھی جیسے اس کے آس پاس انسان نہیں بدصورت چڑیلیں شور مچارہی ہوں۔ وقت ایک سیاہ عفریت کی طرح اس کے چہرے کے پس منظر میں ساتھ ساتھ بھاگا جارہا تھا۔ وہ خود بھی خوف زدہ سا ہو گیا۔ وہ کھڑکی کے شیشے میں یہ تصویر دیکھنا نہیں چاہتا تھا، وہ یہ تصویر دیکھے بغیر نہیں رہ سکتا تھا اس نے سیٹ چھوڑ دی اور دروازے میں جاکر کھڑا ہو گیا۔ اس طرف دونوں کی پیٹھ تھی۔ وہ اس کا چہرہ نہیں دیکھ سکتا تھا۔ مگر اسے یقین تھا کہ سامنے کی سیٹ خالی ہوتے ہی اس نے اپنے مہندی سے رچے ہوئے پاؤں اس سیٹ پر رکھ لئے ہوں گے اور اطمینان کا گہرا سانس لے کر باتوں میں لگ گئی ہو گی۔ اپنے وجود کی بے معنویت پر وہ کڑھنے لگا۔۔۔۔۔۔ اس کا جی چاہنے لگا کہ ریل کار سے کود کر سب لوگوں کو چونکا دے۔ مگر اسی لمحے ہوا کا ایک سرد جھونکا ادھ کھلے پٹ سے سسکتا ہوا اندر آیا اور اس سے لپٹ کر بولا۔

"باہر بڑا اندھیرا ہے۔"

اس نے دروازہ بند کرنا چاہا تو سرد ہوا کے کتنے ہی جھونکے دروازے پر دستکیں دینے لگے۔ اس نے دروازہ پھر کھول دیا۔ ہوا کے جھونکے سسکتے ہوئے آتے اور اس سے لپٹ لپٹ جاتے۔ تاریکی سے خوفزدہ ہو کر آنے والے ان جھونکوں کو اپنے جلتے ہوئے روشن بدن میں پناہ دے کر اسے بڑی راحت مل رہی تھی۔ اس نے اپنے بدن سے سگریٹ سلگایا۔ چنگاریاں اڑیں اور اپنے ہی سگریٹ کا دھواں اس کی آنکھوں میں گھس گیا۔ سرد ہوا کے جھونکوں کا سوت اس کے جسم سے لپٹتا جارہا تھا اور ریل کار بے آب وگیاہ پہاڑیوں میں بھاگتی جارہی تھی۔ ہر طرف تاریکی پھیل چکی

تھی۔ کبھی کبھار کسی پہاڑی گاؤں میں کوئی دیا ٹمٹماتا نظر آجاتا تھا۔ ریل کار پوری تیزی سے اندھیرے کے عفریت کو کچلتی اور سیٹیاں بجاتی بڑھتی جا رہی تھی۔ ڈبے میں شور اب بہت کم تھا۔ ہر شخص ہر بات سے اکتا کر اونگھ رہا تھا یا پھر تھکے تھکے لہجے میں ہمراہیوں سے باتیں کر رہا تھا۔ اچانک ریل کار ایک دھچکے کے ساتھ رک گئی لوگ ایک دوسرے پر گر پڑے۔

"کیا ہوا؟"

"سگنل نہیں ملا ہوگا؟"

"کوئی نیچے تو نہیں آگیا؟؟؟"

کسی کے نیچے آنے کی بات سن کر وہ لرز گئی۔ اس کا رنگ فق ہو گیا اور منہ سے بے ساختہ چیخ نکل گئی۔

"ہائے میں مر گئی۔۔ اس نے خودکشی کرلی۔"

"کس نے خودکشی کرلی اور تمہیں کیا ہوا ہے انجی۔"

وہ تھر تھر کانپ رہی تھی۔ دروازے کی طرف اشارہ کر کے اور سسک کر رہ گئی۔ اس کے شوہر نے پلٹ کر دیکھا وہ دروازے میں کھڑا سگریٹ پی رہا تھا اور ہوا کے جھونکوں سے ہنس ہنس کر باتیں کر رہا تھا۔

٭٭٭

۲

نظر آ لباس مجاز میں

شروع شروع میں مجھے شبہ تھا کہ اس کی موت حادثاتی نہیں سوچی سمجھی سازش کا نتیجہ تھی اور اس سازش میں پرائے ہی نہیں اس کے اپنے بھی شامل تھے۔ اگرچہ وہ کوشش بسیار کے باوجود میرے بارے میں پتہ نہ چلا سکے مگر انہیں کسی طرح یہ ضرور معلوم ہو گیا تھا کہ وہ ان کی خواہش اور فیصلے کے برعکس اپنی پسند کی کورٹ میرج کرنے والی تھی مگر جب گذشتہ برس میں اس کی چھوٹی بہن رحیلہ سے، جو اس کی راز دار بھی تھی، رابطہ کرنے میں کامیاب ہو گیا تو اس نے میرے شک کو بے بنیاد قرار دیتے ہوئے یقین دلایا کہ زیبا کی دردناک موت کسی سازش کا نتیجہ نہیں ایک اتفاقی حادثہ ہی تھی جس میں اس کے علاوہ دوسرے بہت سے مسافر بھی جل کر راکھ ہو گئے تھے۔ مجھے اس کی بات پر یقین نہ کرنے کی کوئی وجہ نظر نہ آئی کہ اس کی روتی ہوئی معصوم آنکھیں جھوٹ، تصنع اور چالاکی سے یکسر نا آشنا تھیں۔

وہ مری تھی یا مار دی گئی تھی بہر حال اب اس دنیا میں نہیں تھی لیکن میں نے اسے دل کے ساتھ ساتھ انٹرنیٹ پر بھی زندہ رکھا ہوا تھا۔ میرے بس میں ہوتا تو میں اس کی یاد میں تاج محل تعمیر کروا دیتا مگر مجھ میں تو اس کی قبر پر جانے کا بھی

حوصلہ تھا نہ اس کی اجازت۔ اسے اپنے خاندانی قبرستان میں دفن کیا گیا تھا جہاں ہمہ وقت گورکن اور چوکیدار موجود رہتے اور کسی غیر کا گذر ممکن نہ تھا۔ یہی وجہ تھی کہ مجھے انٹرنیٹ پر اس کا مزار تعمیر کرنا پڑا تاکہ اس پر یادوں کے چراغ روشن کئے رکھوں۔

دنیا اگر توہّم کا کارخانہ ہے تو انٹرنیٹ جھوٹ اور جعلسازیوں کی فیکٹری۔ کہتے ہیں جہاں لالچ وہاں ٹھگ۔ انعامات، تحائف اور لاٹریاں۔ چند ڈالروں کے عوض کروڑپتی بننے کے نسخے۔ ہوس کو ہے نشاطِ کار کیا کیا۔ ٹھگوں کو ٹھگنے والے ٹھگ۔ ویب کے سمندر میں ہر طرف مچھلیاں پکڑنے کی کنڈیاں، جن میں پر فریب اشتہارات کے ذریعے طمع کا چارہ لگا ہوتا۔ چٹکیوں میں ذہنی، جسمانی اور اقتصادی مسائل حل کر دینے کے دعوے، خلوص سے تہی دوستیاں اور وفا سے خالی محبتیں۔ بوڑھے نوجوان بن کر اور لڑکے لڑکیاں جنس بدل کر اور جعلی کوائف بتا کر ایک دوسرے کو دھوکہ دیتے۔ چیٹنگ کرنے والوں کے زیادہ تر بلکہ تقریباً سبھی نام اور نک نیم فرضی، جعلی اور عجیب و غریب ہوتے مگر میں نے ویب پر اس کی ادبی حیثیت اور شان قائم رکھی تھی۔ میں نے علی بابا اور چالیس چوروں کی کہانی والے پاس ورڈ "کھل جا سم سم" سے اس کا ای میل اکاؤنٹ کھولا اور اس کی نظموں کو اپ لوڈ کرنے سے پہلے ایک استاد قسم کے شاعر دوست سے ان کی اصلاح کروالی۔ اور اگرچہ مجھے سچ بولنے یا کہنے کا کوئی دعویٰ تھا نہ شوق پھر بھی میں نے ای میل اور ویب میں اس کا اصلی نام دیا۔ در حقیقت یہ ان پابندیوں کے خلاف ایک ردعمل تھا جو اس کے قدامت پسند خاندان میں زندہ اور مردہ خواتین پر لگائی جاتی تھیں۔ وہ زندہ ہوتی

تو شاید میں کبھی اس کی ویب سائٹ بناتا نہ اس کی تصویر اس میں شامل کرتا اور اس کی نظمیں تو صرف میرے لئے ہوتیں مگر اب میں چاہتا تھا جیسے وہ میرے دل میں زندہ تھی نیٹ پر بھی ایک زندہ وجود اور جیتی جاگتی شخصیت کے طور پر آباد رہے اور میں جب چاہوں اسے دیکھ اور اس کے نام ای میل بھیج سکوں۔ اسے یاد کرنے اور یاد رکھنے کا اس سے بہتر طریقہ میرے پاس نہیں تھا۔

انٹر نیٹ پر اس کی ویب سائٹ وسیع و عریض جنگل میں ایک چھوٹے سے گوشے کی طرح تھی۔ عام ڈگر سے ہٹ کر ایک گمنام سا مقام، جہاں میرے خیال میں کم ہی لوگوں کا گذر ہو سکتا تھا۔ میں نے بھی کسی سے اس کا ذکر کیا تھا نہ اس کا پتہ بتایا تھا۔ رحیلہ کو بھی نہیں۔ یہ اگرچہ خود کو دھوکہ دینے والی بات تھی مگر میرا کسی دوسرے کو دھوکہ دینے کا ارادہ ہر گز نہیں تھا مگر وہاں ہر کوئی دھوکہ دینے اور کھانے پر کمر بستہ نظر آتا۔ پتہ نہیں لوگوں کو کیسے اس کی سائٹ اور ای میل ایڈریس کا پتہ چل جاتا تھا۔ میں جب بھی اس کا میل باکس کھولتا وہ ڈاک سے اٹا پڑا ہوتا۔ میں مزار پر صبح و شام جھاڑو دینے والے کسی مجاور کی طرح اس کے میل باکس سے اشتہارات اور فضول قسم کی ای میلز ڈیلیٹ کرتا۔ کبھی کبھی بعض ای میلز پڑھ کر مجھے لگتا جیسے میں نے اسے بازار میں لا بٹھایا ہو میں فوراً ایسے پتے بلاک کر دیتا مگر پھر آہستہ آہستہ برداشت کرنے کی عادت پڑتی گئی اور کچھ عرصہ بعد یہ سلسلہ دلچسپ لگنے لگا اور میں نہ صرف بعض منتخب خطوط دلچسپی سے پڑھنے بلکہ ان کے جواب بھی دینے لگ گیا۔

کہتے ہیں اللہ اچھی اور خوبصورت چیزوں کو جلدی واپس لے لیتا ہے شاید وہ

انہیں زیادہ آلودگی سے بچانا چاہتا ہے کیونکہ ہر خالق اپنی خوبصورت تخلیق سے زیادہ پیار کرتا ہے۔ اسے زندگی کے میلے پر بھیجتے وقت اسے تو علم ہی تھا اس نے کچھ خریدنا خرچنا نہیں، سارا بچا کر لے آنا ہے اس نے اسے میلہ دیکھنے کی فرصت دینے میں جتنی بخیلی برتی تھی اتنی ہی فیاضی سے بنا سنوار اور جیبیں بھر کر بھیجا تھا۔ کاش انسانی کلوننگ اس کے جل جانے سے پچیس تیس برس پہلے شروع ہو چکی ہوتی اور کسی شخص کے سیل سے اس کی ہو بہو کلونڈ کاپی بنانا ممکن ہو چکا ہوتا۔

کیمرے کا لینز حساس تو ہوتا ہی ہے میرا خیال ہے اس میں زندگی کی رمق اور حسِ جمال بھی ہوتی ہو گی کیوں کہ اس کی ہر تصویر شاندار آتی تھی مگر یہ تصویر جو اس نے مجھے خود گفٹ کی تھی اور اب ویب سائٹ میں شامل تھی شاید کسی نہایت ہی باذوق کیمرے نے اتاری تھی۔ تھوڑے ہی دنوں میں اس کی سائٹ وزٹ کرنے والوں کی تعداد میں کئی گنا اضافہ ہو گیا اور خطوط کا تانتا بندھ گیا۔ یہ سلسلہ بڑا دلچسپ اور مضحکہ خیز تھا۔ ایک مر چکی لڑکی سے دوستی کی خواہشمند اصلی یا نقلی لڑکیاں اور فلرٹ کرتے ان گنت لڑکے جو اس سے چیٹنگ اور ملاقات کرنا چاہتے بہت ہی احمق معلوم ہوتے۔ چونکہ وہ شاعرہ تھی اور اس نے ایم اے اردو کیا ہوا تھا اس لئے ہر کوئی شاعرانہ مزاج کا حامل، ادب و آرٹ کا شیدائی اور تنہائی کا ستایا ہوا۔ اس کی نظموں کی تعریف میں زمین اور آسمان کے قلابے ملائے جاتے اور ان کے جواب میں اور اس کی تصویر پر نظمیں گھڑی جاتیں۔ انٹرنیٹ اشتہارات اور بھی مضحکہ خیز معلوم ہوتے

مبارک ہو تمہارا نام اول انعام کے لئے چن لیا گیا

مژدہ کہ تم یورپ یا امریکہ کا ٹکٹ جیت سکتی ہو
اگر تم شاعرہ ہو تو انعامی مقابلے کے لئے اپنا کلام اس پتے پر بھیجو
فلاں یونیورسٹی کی ڈگری یا ڈپلوما حاصل کرنے کا سنہری موقع
خوش خبری، اب تم گھر بیٹھی ہر ماہ ہزاروں ڈالر کما سکتی ہو
نوید ہو کہ تمہاری اتنے کروڑ کی لاٹری نکل سکتی ہے وغیرہ

لاہور کا ایک نوجوان جو کمپیوٹر پروگرامنگ یا شاید سافٹ ویئر میں ایم ایس سی کر رہا تھا اور جس کا نک نیم "کوئی تنہائی سی تنہائی ہے" تھا تو اس پر بری طرح فریفتہ ہو گیا۔ بار بار منع کرنے کے باوجود اس نے ڈاک سے کچھ قیمتی تحائف بھی بھجوا دیئے۔ جو ظاہر ہے ڈاکئے، چوکیدار یا گورکن کے کام آئے ہوں گے۔ یہاں تک تو خیریت گزری مگر وہ ایک روز اسے ملنے اسلام آباد چلا آیا اور ڈھونڈتا ہوا اس کی قبر تک پہنچ گیا۔ میرا اندازہ ہے بعض اور عاشق مزاج نوجوانوں نے بھی اس کے ابدی گھر کا چکر لگایا اور سخت پریشان اور مایوس ہو کر لوٹے ہوں گے۔

یہ سلسلہ کچھ عرصہ یونہی چلتا رہا لیکن پھر اچانک ایک عجیب بات ہو گئی۔ ایک روز مجھے اپنے ذاتی ای میل ایڈریس پر پیغام ملا۔ بوجھو تو کون تم سے ملنا چاہتا ہے؟ مجھے کالج کے دنوں کا ایک واقعہ یاد آگیا۔ ہماری کلاس پکنک پر نتھیا گلی گئی تھی مگر وہ ساتھ نہیں آئی تھی۔ سبھی کا خیال تھا اسے گھر سے اجازت نہیں مل سکی ہو گی۔ میں ایک ڈھلوان پر بور اور اداس بیٹھا تھا کہ ایک دوست کی آواز سنائی دی "دیکھو تو کون تم سے ملنے آیا ہے"

میں نے پلٹ کر دیکھا تو پل اوور پہنے زیبا کھڑی مسکرا رہی تھی۔ بعد میں پتہ

چلا کہ اسے گھر سے اجازت تو مل گئی تھی مگر وہ لیٹ ہو گئی اور اس کے ماموں اسے اپنی گاڑی میں چھوڑنے آئے تھے۔ اس کی آمد سے اچانک نتھیا گلی کا موسم خوبصورت ہو گیا۔ ڈھلوان پر ہری ہری گھاس اگ آئی۔ پھول مہکنے، مترنم جھرنے بہنے، آسمان میں بادل رقص کرنے اور برف پوش چوٹیوں پر پڑی برف مسکرانے لگی۔

میں نے اردو اٹیچمنٹ کھولی اور حیران ہوا میں دوسروں کو بیوقوف بناتا تھا اس کا کسی نے مجھ سے خوب بدلا لیا تھا۔ ای میل میں لکھا تھا

"نوید میں زیبا ہوں۔ تمہاری اپنی زیبا۔ میں زندہ ہوں"

ظاہر ہے کہ یہ مذاق تھا۔ میں کیوں اور کیا جواب دیتا لیکن اگلے روز پھر ای میل آگئی۔

"معلوم ہوتا ہے تمہیں میرے زندہ ہونے کا یقین نہیں آیا ورنہ تم جواب ضرور دیتے۔ اور ہاں ابھی میرے بارے میں کسی سے کچھ مت کہنا۔ رحیلہ سے بھی نہیں ورنہ میں مزید مصیبت میں پھنس جاؤں گی"

مجھے اس کی موت کا پہلے ہی مشکل سے یقین آیا تھا۔ یہ پیغام اور اس میں رحیلہ کا حوالہ دیکھ کر میں تذبذب میں پڑ گیا۔ کہیں یہ سچ ہی نہ ہو۔ کئی طرح کے قصے اور امکانات ذہن میں آئے کیا پتہ اسے کسی نے اغوا کیا اور یرغمال بنایا ہوا ہو۔ ان دنوں بعض لوگوں کو ملکی یا غیر ملکی تفتیشی ادارے اچانک گھروں سے پکڑ کر لے جاتے تھے کہیں کوئی ایسی ایجنسی یا ادارہ؟ مگر اس کا سیاست اور سیکیورٹی سے کیا واسطہ۔ کیا معلوم ٹریفک حادثے میں ملنے والی مسخ شدہ نعش کسی اور لڑکی کی ہو۔ خدا کرے ایسا

ہی ہو اور وہ زندہ اور سلامت ہو مگر پتہ نہیں وہ کس قسم کی مصیبت میں گرفتار تھی اور میں اس کی کیسے مدد کر سکتا تھا۔ تاہم میں نے فی الحال اس سے اتنا ہی پوچھنا مناسب سمجھا "اس بات کا کیا ثبوت ہے کہ تم زیبا ہی ہو؟"

میرا خیال تھا کہ اب یا تو اس کا جواب نہیں آئے گا یا وہ گول مول سا جواب دے گی اور ٹالنے کی کوشش کرے گی مگر اگلے روز نہ صرف اس کا جواب آگیا بلکہ اس نے اپنی تازہ نظم کے ساتھ ساتھ ایک ایسی بات کا حوالہ دیا تھا جو میرے اور زیبا کے سوا کسی کے علم میں نہیں تھی۔ میری حیرت کی انتہا نہ رہی۔ تو کیا وہ سچ مچ زندہ تھی۔ مگر اس کے مصیبت میں گرفتار ہونے کے خیال نے مجھے اداس کر دیا۔ میں نے بے تاب ہو کر پوچھا

"تم کہاں اور کس حال میں ہو؟ اب تک خاموش کیوں تھیں۔ واپس اپنے گھر کیوں نہیں آئیں۔ مجھے فوراً بتاؤ میں تمہاری کیا مدد کر سکتا ہوں"

وہ فوراً جواب نہیں دیتی تھی۔ شاید دے نہیں سکتی تھی۔ اس نے میرے اس خط کا بھی ایک دن کے وقفے سے جواب دیا

"نوید میری جان، میں کچھ عرصہ کے لئے واقعی مر گئی تھی، سب کچھ بھول گئی تھی پھر ایک مہربان دوست کی وجہ سے مجھے نئی زندگی حاصل ہوئی مگر میں اپنے گھر اور لوگوں میں نہیں آسکتی۔ فی الحال میں تم سے ای میل کے ذریعے بھی محدود سا رابطہ رکھ سکتی ہوں۔ اور نہیں جانتی یہ سہولت بھی کب چھن جائے۔ کاش میں تمہیں مزید کچھ بتا سکتی۔ اپنا خیال رکھنا۔۔۔۔۔۔ تمہاری زیب"

شک کی اب کوئی گنجائش نہیں رہ گئی تھی میں عجیب مخمصے میں پڑ گیا وہ کس قسم

کی مصیبت میں گرفتار تھی کہ ای میل تو کر سکتی تھی مگر مدد کے لئے اپنا ایڈریس نہیں بتا سکتی تھی۔ میں نے اگلی ای میل میں اس سے بہت سے سوالات کر ڈالے اور آخر میں یہ بھی لکھا کہ اگر وہ والدین سے ناراض ہے تو میرا گھر بھی تو اس کا اپنا گھر ہے وہ میرے پاس کیوں نہیں آجاتی۔ ہم فوراً شادی کر لیں گے۔ وہ مجھے بلا تاخیر اپنا پتہ بتائے اور اطمینان رکھے میں اس کے لئے جان تک کی بازی لگا سکتا ہوں۔

اس ای میل کا جواب بھی حسب معمول ایک دن کے وقفے کے بعد آیا اور نہایت مختصر۔

"سنڈے،، صبح دس سے شام چار بجے، مقبرہ جہانگیر لاہور"

میں اس کے لئے کچھ بھی کرنے اور ہر خطرہ مول لینے کو تیار تھا۔ اتوار کو لاہور پہنچ گیا اور اس کے بتائے ہوئے وقت اور مقام پر اس کا انتظار کرنے لگا۔ ایک ایک لمحہ گزارنا دوبھر ہو رہا تھا۔ ہر آہٹ پر دل دھڑکنے لگتا مگر شام ہو گئی اور اس کا کہیں دور دور تک نشان نہ تھا۔ میں نے ہوٹل آکر اپنا ای میل باکس چیک کیا اس میں پیغام موجود تھا

"سوری نوید، مجھے بتائی ہوئی جگہ پر پہنچنے کی کا موقع نہیں مل سکا۔ اب مجھے کراچی لے جایا جا رہا ہے۔ ہو سکے تو تھر سڈے کو کلفٹن پر اکیلے ملو"

کلفٹن پر بھی میں صبح سے شام تک گھومتا، سمندر کی لہریں دیکھ دیکھ کر اداس ہوتا اور اسے تلاش کرتا رہا مگر وہ کہیں دکھائی نہ دی۔ بار بار خیال آتا کہ کہیں کوئی مجھے بیوقوف تو نہیں بنا رہا تھا مگر اس کے مخاطب کرنے کا ایک خاص انداز تھا جو کسی دوسرے کو کیسے معلوم ہو سکتا تھا۔ میں اگلے اور اس سے اگلے روز بھی کلفٹن کی

خاک چھانتا رہا مگر وہ تو کجا اس کی ای میل تک نہیں آئی تھی۔ مگر جس روز مجھے واپس لوٹنا تھا اس کا پیغام مل گیا۔ اس نے بہت دل گرفتگی کے ساتھ معافی مانگی اور اپنی مجبوریوں کے بارے میں بہت سی گول مول باتیں لکھ کر ایک پریشان کن اطلاع دی تھی

"میں شاید کچھ دنوں کے لئے جواب نہ دے سکوں۔ تم پریشان نہ ہونا اور مجھے اپنی خیریت برابر لکھتے رہنا"

میں پریشان کیسے نہ ہوتا۔ مگر اس کے سوا کر ہی کیا سکتا تھا۔ اس کے بعد سچ مچ اس سے رابطہ منقطع ہو گیا۔

میں کچھ روز اسے ای میل پیغامات بھیجتا اور اپنی خیریت کی اطلاع دیتا رہا لیکن یہ یک طرفہ رابطہ بڑا بے معنی، صبر آزما اور اکتا دینے والا تھا اس میں آہستہ آہستہ لمبے وقفے آنے لگے۔ دریں اثنا میرے دل میں اس شک نے پھر ایک بار سر اٹھالیا کہ وہ زیبا ہی تھی یا انٹرنیٹ کی کوئی شریر لڑکی یا لڑکا مجھے بیوقوف بنا رہا تھا۔ ممکن ہے یہ "کوئی تنہائی سی تنہائی ہے " والا لاہوری نوجوان ہو جو مجھ سے اپنی پریشانی اور بیوقوف بنائے جانے کا بدلہ لے رہا ہو۔ وہ بھی تو کمپیوٹر پروگرامنگ میں ماسٹر کر رہا تھا۔

میں نے نئے سرے سے سارے معاملے کی تحقیق کرنے کا فیصلہ کر لیا۔ اور سب سے پہلے رحیلہ کو فون کیا۔ اس کے والدین لڑکیوں کو ٹیلیفون پر بات کرنے کی اجازت نہیں دیتے تھے اس لئے اس نے مجھے اپنی ایک دوست کے گھر کا فون نمبر دیا ہوا تھا۔ میرے فون کے جواب میں تیسرے روز اس کا فون آ گیا۔ اس سے براہِ

راست زیبا کے زندہ ہونے کی بات کرنا مناسب نہیں تھا یہ اس کے معصوم جذبات سے کھیلنے کے مترادف ہوتا یوں بھی وہ گذشتہ ملاقات میں میرے شبہات کی تردید کر چکی تھی۔ اس لئے میں نے بہانہ کیا

"میں نے زیب کو خواب میں دیکھا ہے۔ کہہ رہی تھی وہ زندہ ہے"

میری بات سن کر وہ دکھی ہو گئی اور گلوگیر لہجے میں بولی

"ہاں باجی مجھے بھی خواب میں ملی تھیں۔ اور یہی کہا کہ میں مری نہیں زندہ ہوں۔ میں نے امی اور ابو سے ذکر کیا تو وہ کہنے لگے۔ بے شک جن لوگوں کی موت ایسی بیچارگی اور مظلومیت کے عالم میں ہوتی ہے وہ شہید کہلاتے اور زندہ رہتے ہیں۔ اللہ تعالیٰ کا فرمان ہے کہ ایسے لوگوں کو مرا ہوا مت کہو"

میں اس کی بات سن کر حیران رہ گیا۔ یہ اتفاق تھا یا کوئی اسرار؟ میں مزید کنفیوژن کا شکار ہو گیا۔

کچھ روز زیبا کی ای میل کا انتظار کرنے کے بعد میں نے اپنی الجھن کا ایک دوست احمد علی سے ذکر کیا جو کمپیوٹر کے بارے میں زیادہ معلومات رکھتا تھا۔ مجھے شک تھا کہ یہ کوئی وائرس یا انٹرنیٹ بوٹ نہ ہو۔ میں نے مائیکرو سافٹ آفس پروگراموں میں بوٹس کو اسسٹنٹ کے طور پر مدد دیتے اور سرچ کے دوران میں ایک پلّے کی صورت میں فائلیں سونگھتے اور دم ہلاتے دیکھا تھا مگر زیادہ تفصیل نہ جانتا تھا۔ احمد علی کہنے لگا

" حالیہ برسوں میں انٹرنیٹ پر مصنوعی ذہانت کی حامل مخلوق کے سلسلے میں بڑی پیش رفت ہوئی ہے۔ یہ زندگی کی ایک نئی قسم کا ظہور ہے۔ یہ ایجنٹس اور بوٹس

حیرت انگیز صلاحیتوں کے مالک ہوتے ہیں۔ بالکل جیتے جاگتے اجسام کی طرح کام کرتے اور بعض ہو بہو زندہ انسان معلوم ہوتے ہیں۔ اس حقیقی نظر آنے والی مخلوق کی بے شمار قسمیں اور گروپس ہیں۔ چیٹنگ کرنے، آن لائن اسٹورز سے خریداری میں مدد دینے، سرچ اور انٹرنیٹ کے جملہ امور میں معاونت کرنے، تکنیکی اور نفسیاتی معاملات میں مشورہ دینے، گیمز میں رہنمائی کرنے اور آپ کے پرسنل سیکرٹری یا اسسٹنٹ کے فرائض سر انجام دینے والے ایجنٹس اور بوٹس۔ ایسی ورچوئل لیڈی سکرٹریز جو آپ کی مصروفیات کا شیڈول مرتب کرتی، آپ کو ای میل کا متن پڑھ کر سناتی اور آپ کی غیر موجودگی میں آپ کی ٹیلیفون کال سنتی اور جواب دیتی ہیں۔ اس کا خیال تھا کہ مجھے زیبا کی نہیں کسی ایسی ہی اصلی یا ورچوئل شخصیت کی ای میلز وصول ہو رہی تھیں۔ لیکن مجھے اس کی بات سے اتفاق نہیں تھا۔ میں نے کہا

"میں نہیں مانتا۔ زیبا نے بعض ایسی پرائیویٹ باتوں کا بھی حوالہ دیا ہے جو صرف میرے اور اس کے علم میں تھیں۔ مشین جتنی بھی ذہین ہو جائے وہ انسانی ذہن میں چھپے ہوئے خیالات اور تنہائی میں ہونے والی باتیں کیسے جان سکتی ہے؟"

احمد علی میری بات سن کر خود بھی شش و پنج میں پڑ گیا پھر اس نے اپنے کسی پروفیسر کو فون کر کے ساری بات بتائی اور ان کی ہدایت کے مطابق مجھ سے کوائف اور پاس ورڈز لے کر نئے سرے سے اس مسئلے کی تحقیق شروع کر دی۔ کوئی دو گھنٹے بعد اس نے مایوسی سے میری طرف دیکھا اور کہنے لگا

"مجھے افسوس ہے نوید، میں تمہیں کوئی اچھی خبر نہیں سنا سکتا۔ میں اب بھی

اسی نتیجے پر پہنچا ہوں کہ انٹرنیٹ پر زیبا کے نام سے تمہاری جو دوست بنی ہے وہ ایک مصنوعی شخصیت ہے اس نے تمہارے کمپیوٹر سے معلومات چرائیں اور ان کی بدولت تمہاری مرچکی محبوبہ کا روپ دھار لیا۔ حقیقی دنیا میں اس کا کوئی وجود نہیں "

مجھے لگا جیسے زیبا دوسری مرتبہ مری ہو۔ میں دہرے غم میں مبتلا ہو گیا اور میں نے آئندہ سے اس کی میل ہینڈل کرنے سے کنارہ کشی کا فیصلہ کر لیا۔ مگر ابھی چند روز ہی گزرے تھے کہ اس کا پیغام آ گیا "فرائیڈے، گیارہ بجے دن، دامن کوہ ویو پوائنٹ"

اگر یہ بلاوا حسب معمول کسی دوسرے شہر کے لئے ہوتا تو میں ہر گز اس پر اعتبار اور عمل نہ کرتا مگر یہ محض چند کلومیٹرز کا فاصلہ ہی تو تھا۔ میں جمعہ کو مقررہ وقت سے کچھ دیر پہلے ہی دامن کوہ پہنچ گیا اور اس کا انتظار کرنے لگا۔ یہ عام لوگوں کی سیر کا وقت نہیں تھا اس لئے وہاں کوئی خاص رش نہ تھا۔ تھوڑی دیر بعد ہی کوئی گاڑی آتی تھی۔ میں نے اسے ہر جگہ تلاش کیا مگر وہ حسب معمول کہیں دکھائی نہ دی۔ میں مایوس ہو کر لوٹ جانا چاہتا تھا کہ اچانک میری نظر رحیلہ پر پڑی۔ میں سمجھ گیا اس نے اسے بھی ملاقات کے لئے بلایا ہو گا۔ میرے دل میں امید کا دیا روشن ہو گیا۔ یقیناً وہ زندہ تھی اور آج اس سے ملاقات ہو جائے گی۔

رحیلہ مجھے دیکھ کر قریب آ گئی۔ سلام دعا کے بعد میں نے اس سے پوچھا

"یہاں کیا کر رہی ہو رحیل؟"

"وہی جو آپ کر رہے ہیں" اس نے مسکرا کر میری طرف دیکھا۔ وہ مجھے پہلے سے بڑی نظر آئی اور لمحہ بھر کے لئے اس پر زیبا کا گمان ہوا

"اس کا مطلب ہے اس نے تمہیں بھی بلایا ہے؟"

"ہاں" وہ بولی "لیکن مجھے معلوم ہے وہ آئیں گی نہیں"

"کیوں؟"

"آپ بھی کمال کرتے ہیں" وہ شوخی سے بولی "کبھی کوئی مر کر بھی واپس آتا ہے؟"

میں حیرت سے اس کا منہ دیکھنے لگا۔

***

۳

چاہ در چاہ

وہ دونوں سیاحت کی خاطر اسلام آباد سے بیجنگ جا رہے تھے۔

رات کا وقت تھا۔ اس کا ساتھی علی اور تقریباً سبھی مسافر سو رہے تھے صرف وہ اکیلا جاگ رہا تھا۔

وہ پوری دنیا گھوم چکا تھا مگر اسے ہوائی سفر میں، خواہ وہ کتنا ہی طویل کیوں نہ ہوتا نیند نہیں آتی تھی۔ اس کی وجہ محض ہوائی جہاز کے سفر کا خوف نہیں تھا بلکہ وہ اسے زمینی سواریوں، بسوں ویگنوں اور فلائنگ کوچز کے مقابلے میں، جو ڈرائیوروں کی حماقت، ضد یا لالچ کی وجہ سے آئے روز حادثات کا شکار ہوتی رہتی ہیں، محفوظ ترین ذریعۂ سفر سمجھتا تھا مگر اس کے باوجود اسے نیند نہیں آتی تھی اور زمین پر دوڑنے والی خطرناک سواریوں میں سفر کرتے ہوئے اسے گچھوں کے گچھے اور ٹوکرے بھر بھر کے نیند آتی۔ جیسے ننھے بچوں کو پنگوڑے میں۔ ادھر بس، ویگن یا ریل گاڑی روانہ ہوتی ادھر اسے نیند آدبوچتی۔ طالب علمی کے زمانے میں وہ موسمِ گرما کی تعطیلات کے دوران میں اتوار کو اکثر سینما دیکھنے گاؤں سے شہر چلا جاتا اور آتے جاتے، کتاب یا رسالہ پڑھتے پڑھتے لاری میں سو جاتا اور بعض اوقات اس کے

گاؤں کا سٹاپ پیچھے رہ جاتا اور اسے کسی دوسری بس یا ٹانگے سے واپس آنا پڑتا۔

اب یہ تو کوئی ماہر نفسیات ہی بتا سکتا ہے کہ بچوں کو پنگوڑے اور جھولے میں ڈال کر جھونک دیتے ہیں تو وہ کیوں جلدی سو جاتے ہیں اور بڑوں کو بھاگتی اور شور مچاتی سواریوں میں اتنی نیند کیوں آتی ہے۔ ریل گاڑی میں تو اسے بہت ہی نیند آتی۔ جونہی وہ شاہدرہ یا اچکلالہ سے نکلتی اس کی آنکھیں بند۔ یہ فراٹے بھرنے لگتی اور وہ خراٹے۔ گھر میں ذرا سی آہٹ یا کھٹکے سے آنکھ کھل جاتی مگر ریل گاڑی کی مسلسل کھٹ کھٹ اور ہچکولے اسے تھپکیاں دے دے کر سلاتے۔ انجن کی کرخت سی کوک اور گارڈ کی تیز وسل اسے میٹھی لوری معلوم ہوتیں۔ چندا کے ہنڈولے میں، اڑن کھٹولے میں۔ مگر یہ عجیب سا خمار ہوتا کہ وہ سوتا بھی رہتا اور اسے راستے کے سٹیشنوں اور سٹاپوں کا بھی پتہ چلتا رہتا اور ہاکروں، خوانچے والوں اور بھکاریوں کی آوازیں بھی سنائی دیتی رہتیں جن کے الفاظ کثرتِ استعمال سے پوری طرح سمجھ میں نہ آتے۔ اور یہ اندازہ بھی ہوتا رہتا کہ کب انجن نے گاڑی کو جھنجوڑا اور کوک ماری۔ بلکہ نیند اور ریل گاڑی میں ایک ایسا تعلق سا پیدا ہو گیا تھا کہ جب کبھی گھر میں بھی نیند کا وقت گزر جاتا یا ستانے والے کسی خیال کی وجہ سے نیند اچٹ جاتی تو وہ آنکھیں بند کر کے فرض کر لیتا کہ آرام دہ بستر پر نہیں ریل گاڑی کے سخت پھٹے پر لیٹا ہوا ہے اور اس کی یہ ترکیب اکثر کارگر ثابت ہوتی اور وہ خراٹے لینے لگتا۔

آدھی سے زیادہ رات بیت چکی تھی اور ہر پل سکڑتی جا رہی تھی کیونکہ وہ اجالے کی سمت سفر کر رہے تھے۔ بڑے جہاز کی ٹی وی سکرین پر ایک چھوٹا جہاز ہمالیہ کی برفانی چوٹیوں پر پرواز کرتا لمحہ بہ لمحہ سحر کے قریب تر ہوتا جا رہا تھا مگر ابھی

گھپ اندھیرا تھا۔ برف سے ڈھکے ہوئے پہاڑی سلسلوں کے درمیان کہیں کہیں کوئی اکا دکا چراغ ٹمٹماتا نظر آتا تو وہ انسانی جدوجہد اور جستجو کے بارے میں سوچنے لگتا کہ دشوار گزار پہاڑوں، بے پایاں سمندروں اور لق ودق صحراؤں میں انسانی قدم کہاں کہاں نہیں پہنچے۔ پھر اسے اولین دور کے انسانوں کا خیال آنے لگا وہ اس تاریک، ویران اور خطرات سے پر زمین پر کیسے زندگی بسر کرتے ہوں گے اور اس کے جد امجد کی کیا شکل وصورت اور حلیہ ہو گا؟

پھر پو پھٹی اور پھٹتی ہی چلی گئی۔ اسے یوں لگا جیسے لٹھے کے کائناتی سائز کے تھان کو دونوں کناروں سے پکڑ کر درمیان سے کاٹا جا رہا ہو۔ اس نے زندگی میں کئی بار رات کو صبح، آمریت کو جمہوریت اور ظلمت کو روشنی میں تبدیل ہوتے دیکھا تھا۔ لیکن اتنی خوبصورت، اجلی اور طویل صبح طلوع ہوتے ہوئے شاید ہی پہلے کبھی دیکھی ہو۔ اسے لگا جیسے اب تک وہ اجالے کا استقبال کرتا آیا تھا مگر آج اجالا اس کا انتظار کر رہا تھا۔

نہایت عجیب اور دلکش منظر تھا۔ زمین پر وادیوں میں ابھی رات تھی مگر پہاڑی چوٹیوں پر برف مسکرا رہی تھی اور اوپر آسمان روشن تھا۔ جہاز کے پر اب صاف نظر آنے لگے تھے اور فضا میں جگہ جگہ دھنکی ہوئی روئی کے مانند بادلوں کی بستیاں دکھائی دینے لگی تھیں جو لمحہ بہ لمحہ زیادہ اجلی اور سفید ہوتی جا رہی تھیں۔ وہ ان بستیوں کے نام سوچنے لگا۔ پینگ

پورہ، خمار کوٹ، نیند نگر، خواب گڑھ، سپنوں کا گاؤں، نور آباد وغیرہ۔

پھر ان نقرئی بادل بستیوں کے گرد سونے کی فصیلیں تعمیر ہونے لگیں۔ اسے

کہیں آسمانوں سے گیتا رائے کی آواز سنائی دی۔ دھرتی سے دور گورے بادلوں کے پار آجا۔ آجا بسا لیں نیا سنسار آجا۔ گیت ختم ہوتا تو وہ ذہن کے ریکارڈ پلیئر پر اسے پھر نئے سرے سے لگا دیتا۔ یوں ہی کئی ہزار میلوں تک وہ متواتر ایک ہی گیت بار بار سنتا رہا۔

پھر اس نے اپنی یاد داشتوں کا وہ فولڈر کھولا، جس کی ایک فائل میں اس نے اپنے حصے کی موعودہ حوروں کو زمینی قصے سنانے کے لئے اپنے نوٹس محفوظ کئے ہوئے تھے۔ اس کا خیال تھا وہ لاکھوں برس تک عرش کے مقدس ماحول میں رہتے اور پارسائی کی بے رنگ زندگی گزارتے گزارتے اکتا گئی ہوں گی اور زمینی قصے انہیں بہت دلچسپ اور اچھوتے معلوم ہوں گے۔ اس فولڈر میں کئی مناظر بند تھے۔

پہلا منظر۔ گرمیوں کی ایک دوپہر کا، جب وہ بائیسکل پر سکول سے لوٹ رہا تھا اور وہ خربوزوں کے کھیت کی رکھوالی کرتے اپنے باپ کو دوپہر کی روٹی دینے جا رہی تھی کہ وہ دونوں ایک بگولے کی لپیٹ میں آکر ٹکرا گئے تھے۔ بہتے ہوئے کھال میں گر کر ان کے کپڑے گیلے ہو گئے۔ وہ باہر کے بگولے سے تو بچ نکلا تھا مگر اس کے بدن کے چھوٹے چھوٹے بگولوں سے، جو بھیگنے سے نمایاں تر ہو گئے تھے نہ بچ سکا اور ہمیشہ کے لئے اس کی نیلگوں آنکھوں میں ڈوب گیا۔ اور اگرچہ کتابیں بھیگ گئیں، کھانا خراب ہو گیا اور کپڑے مٹی سے لت پت ہو گئے تھے مگر وہ اس کے منہ پر لگی کیچڑ دیکھ کر بے اختیار ہنسے جا رہی تھی۔

دوسرا منظر۔ کچے آموں کی رت تھی۔ اس روز آندھی کے ساتھ بارش آئی اور رات بھر باد و باراں کا سلسلہ جاری رہا۔ بارش اور آندھی سے گر جانے والی

کیریاں چننے اور لے جانے پر کوئی پابندی نہ تھی۔ اس کا گھر گاؤں کے دوسرے سرے پر اور عام گزر گاہ سے ہٹ کر تھا اس لئے وہاں جانے کا کوئی موقع یا بہانہ نہیں ملتا تھا۔ وہ جانتا تھا اسے کیریاں پسند ہیں اور وہ علی الصبح آموں والے باغ میں ضرور جائے گی۔ وہ منہ اندھیرے اٹھ کر پہنچا تو وہ دوسری کئی لڑکیوں کے ساتھ سچ مچ وہاں موجود تھی۔ جلدی جاگ جانے کی وجہ سے اس کے چہرے پر نیند کا عجیب سا خمار تھا۔ ٹھنڈی اور تیز ہوا چل رہی تھی اور اس کے سوکھے سیاہ بال اڑ رہے تھے۔ جنہیں وہ بار بار پیشانی سے جھٹکتی سمیٹتی مگر وہ بار بار اس کے چہرے کو ڈھانپ لیتے۔

تیسرا منظر۔ اس کے پڑوس میں اس کی ایک سہیلی کا بیاہ تھا۔ وہ رات کو وہاں آجاتی اور دیر تک سہیلیوں کے ساتھ شادی کے گیت گاتی رہتی۔ وہ بھی بے قراری سے عقبی گلی میں رات رات بھر ٹہلتا اور اس کی آواز سنتا رہتا۔ اس کی آواز بہت اچھی تھی اور اسے گیت بھی بہت یاد تھے۔ خود بھی گھڑ لیتی تھی۔ ماہیے کے بول گھڑنے میں تو اسے بہت ہی مہارت تھی۔ ایک رات وہ کسی بہانے چھت پر آئی اور منڈیر پر بیٹھ کر دیر تک باتیں کرتی رہی۔ پھر پتہ نہیں اس کے جی میں کیا آئی کہ اس نے دس بارہ فٹ اونچی چھت سے گلی میں چھلانگ لگا دی اور اگرچہ وہ اس کے بعد کئی روز تک لنگڑا کر چلتی رہی تھی اور اسے اس کے اس والہانہ پن سے خوف بھی آیا تھا مگر وہ منظر اس کی یادداشت کا حصہ بن گیا تھا۔

آہستہ آہستہ بادلوں کے گرد کارِ زرگری تمام ہو گیا۔ نیچے وادیاں، بستیاں اور درختوں کے جھنڈ نظر آنے لگے۔ دوری اور بلندی کی وجہ سے ہمالیہ کے ابلتے چشمے تو دکھائی نہیں دے رہے تھے لیکن کہیں کہیں کسی پہاڑی یا میدانی گھر سے اٹھتے

والے دھوئیں سے معلوم ہو رہا تھا چینی جاگ اٹھے ہیں۔ پہاڑی ڈھلوانوں پر سبزے کے قالین بچھے تھے اور کالے بادل امڈے ہوئے تھے۔ اگرچہ اتنی دور سے کچھ دکھائی نہ دیتا تھا مگر وہ تصور تو کر سکتا تھا، ہرے بھرے جنگلوں میں بلند اور گھنے، طرح طرح کے پھلوں سے لدے اشجار کا، جن کے درمیان توتوں، میناؤں اور کوئلوں کی چہکاریں گونج رہی ہوں گی۔ فضا میں تتلیاں بھٹکتی اور چڑیاں اڑتی پھرتی ہوں گی۔ ابابیلوں کی ڈاریں ایک دم تیزی سے نیچے کو جاتی پھر اسی تیزی سے واپس پلٹتی ہوں گی اور نسیمِ سحری کے چلنے سے درختوں کے پتے اور ٹہنیاں آہستہ آہستہ جھولے جھولتی ہوں گی مگر ذہن کی فلاپی میں حوروں کے لئے یہ منظر محفوظ کرتے ہوئے اسے تامل ہوا کہ کہیں وہ نیک بخت یہ نہ کہہ دیں۔ لاکھوں برس سے عرش پر بیکار بیٹھی یہی زمینی مناظر دیکھ کر تو وقت گزارتی رہی ہیں۔

سورج ابھی کہیں بحر الکاہل کے جزیروں پر گلاب اور لالے کے پھول برسا رہا تھا لیکن اس سے ہمالیہ کی ترائیاں روشن اور معطر ہونے لگی تھیں۔ مگر دور تک کوئی آدم زاد نظر نہ آتا تھا۔ اس نے گھبرا کر اپنے آس پاس دیکھا۔ علی سمیت سب لوگ سو رہے تھے۔ کیا پتہ بعض اس کی طرح چپکے چپکے جاگ رہے ہوں۔ پھر اجالا اور بڑھا۔ سورج نے بحر الکاہل کے پانیوں سے سر نکالا اور نیند نگر، نور آباد اور سپنوں کا گاؤں سبھی بادل بستیاں روشن ہو گئیں۔ سورج کا سونا ہر طرف پھیل گیا اور روشنی کھڑکی سے اندر گھس آئی۔

"تم ابھی تک جاگ رہے ہو؟" علی کی آنکھ کھل گئی

"ہاں"

"اچھا کیا کسی کو جہاز کی نگرانی بھی تو کرنا تھی۔"

"تم تو خوب سوئے۔"

"کتنا اچھا خواب تھا۔" علی بولا۔

"کیا دیکھا؟"

"اپنے مرحوم والدین کو" وہ بولا، "پہلی بار خواب میں آئے۔"

"کس حال میں تھے؟"

"خوش تھے اور جوان"

"یقیناً جنت میں ہوں گے۔"

"اماں کی گود میں دو تین برس کی صغریٰ تھی۔"

"صغریٰ کون؟"

"میری چھوٹی بہن۔ حال ہی میں جس کا تینتالیس برس کی عمر میں انتقال ہوا۔"

"تو تم نے چالیس برس پہلے کے زمانے کو خواب میں دیکھا؟"

"ہاں"

"یا پھر اگلے جہان کی ایک جھلک؟"

"یار کتنا اچھا ہوتا جو اگلا جہان اسی دنیا، اسی گلوب پر کہیں واقع ہوتا اور جو لوگ ہم سے ایک سرزمین میں بچھڑ جاتے ہیں وہ کسی دوسرے ملک یا خطے میں مل جاتے۔"

"ہم چاہیں تو اب بھی ایسا ہو سکتا ہے۔"

"وہ کیسے؟"

"سنا نہیں تم نے؟ یہ تو ہم کا کارخانہ ہے۔ یاں وہی ہے جو اعتبار کیا۔"

"چلو کچھ دنوں کے لئے ایک نیا نظریہ ایجاد کرتے ہیں۔"

"نظریہ یا مفروضہ؟"

"ایک ہی بات ہے، ہر نظریہ شروع میں مفروضہ ہی ہوتا ہے"

"تو کیا کسی اور زمین اور زمانے میں جانے کا ارادہ ہے؟"

"ہاں"

یہ اسی سہ پہر یا شاید اس سے اگلے روز کا واقعہ ہے۔

ہم فلائنگ کوچ میں ایک کشادہ سڑک پر سیر کو جا رہے تھے۔ مجھے پھر اونگھ آ گئی۔ مگر شور سن کر جاگ پڑا۔

"روکو روکو" ایک بوڑھا چلا رہا تھا۔ "میں مریض ہوں زیادہ دیر تک ضبط نہیں کر سکتا۔"

فلائنگ کوچ ہری بھری فصلوں اور درختوں کے درمیان رک گئی۔ سبھی اُتر پڑے اور منتشر ہو گئے۔

کچھ فاصلے پر سیبوں کا مہکتا ہوا ایک باغ تھا۔ وہ دونوں چلتے ہوئے اس کے دروازے پر آ گئے۔ سیب کے درختوں کے درمیان کیاریوں میں جیسے نغمے بوئے گئے تھے طرح طرح کے خوشنما پرندے اپنی اپنی منقاروں سے ساز ینے بجا رہے تھے۔ وہی کچی کیریاں لوٹنے والی صبح کی سی ٹھنڈی اور تیز ہوا چل رہی تھی۔ بڑے دروازے کے قریب دو عورتیں جو ماں بیٹی یا ساس بہو معلوم ہوتی تھیں، اپنے اپنے سامنے ایک ایک ٹوکری رکھے سیب بیچ رہی تھیں۔ وہ اشاروں سے بھاؤ تاؤ کرنے

لگے۔ علی نے تصویر بنانے کی کوشش کی تو بڑھیا نے اشارے سے منع کر دیا۔ چھوٹی کے سوکھے سیاہ بال ہوا سے اڑ رہے تھے۔ وہ انہیں پیچھے ہٹاتی سمیٹتی مگر وہ بار بار چہرے کو ڈھانپ لیتے۔

"چھوٹی تمہیں بڑے غور سے دیکھ رہی ہے۔" علی بولا۔ "جیسے پہچانتی ہو۔"

"مجھے بھی اس کی صورت اور منظر جانے پہچانے لگتے ہیں۔"

"مگر تم تو یہاں پہلی بار آئے ہو؟"

"ہاں مگر لگتا ہے یہ کوئی دوسری زمین اور زمانہ ہے۔"

"ہاں اسی جہان میں اگلا جہان؟"

"نہیں مفروضہ۔"

اچانک اسے یاد آگیا۔ اس نے پوچھا،

"تم جمیلہ ہو؟"

اس نے کوئی جواب نہ دیا۔ مگر اس کے چہرے کا رنگ بدل گیا۔ وہ گھبرا کر بڑھیا کی طرف دیکھنے لگی اسے یقین ہو گیا وہ جمیلہ ہی تھی۔ اتنے برسوں بعد قدرتی طور پر شکل و صورت میں کچھ تبدیلی آ گئی تھی مگر اس کی کرنجی آنکھوں کی نیلاہٹ اور چہرے کی ملاحت ابھی تک برقرار تھی۔ یوں بھی وہ اس سے کئی برس چھوٹی تھی۔

اس کے ایم اے فائنل کا امتحان دے کر یونیورسٹی سے گاؤں لوٹنے تک وہ بھی عشق کے کئی نوماہی ششماہی امتحان پاس کر چکی تھی اور اڑوس پڑوس میں آنے جانے اور اٹھنے بیٹھنے کے ٹھکانے تلاش کر چکی تھی۔ اس کا سب سے بڑا ٹھکانہ بی بی جی

کا گھر تھا جن سے وہ سیف الملوک کا سبق لینے آتی اور کسی نہ کسی بہانے اس کے گھر کے چکر بھی کاٹتی اور سیف الملوک کے شعروں کے بہانے اپنے جذبات کا اظہار کرتی رہتی۔ مگر وہ اب اس سے بات کرنے سے گریز کرنے لگا تھا کیونکہ نہ صرف اس کا رشتہ طے ہو چکا تھا بلکہ عنقریب شادی ہونے والی تھی۔ یوں بھی اس کا منگیتر اور بھائی گنوار لٹھ مار قسم کے لوگ تھے اور وہ پڑھا لکھا اور ڈرپوک لڑکا۔ مگر وہ بیوقوفی کی حد تک جذباتی لڑکی تھی، عزت یا جان کسی چیز کی پرواہ نہ کرتی۔

ملازمت کی تلاش اور انٹرویوز کی خاطر اس کا ہر دوسرے تیسرے روز شہر آنا جانا رہتا تھا۔ اس کے والدین اور رشتے دار عورتیں بھی اکثر شاپنگ کے لئے شہر آجا رہی تھیں پڑھا لکھا اور سمجھدار جان کر وہ شادی کے زیورات اور کپڑوں کے انتخاب اور خریداری میں اس سے مدد لیتی رہتی تھیں۔ وہ اس بات پر بہت خوش ہوئی۔ ایک روز کہنے لگی،

"میرا شادی کا جوڑا تم نے پسند کیا؟"

"ہاں میرا مشورہ شامل تھا۔"

"کاش تم مجھے یہ جوڑا پہنے بھی دیکھ سکتے۔"

"مکلاوے آؤ گی تو پہن کر آجانا۔ دیکھ لوں گا۔" اس نے دل رکھنے کو کہہ دیا۔

"تب تک تو وہ میلا ہو جائے گا۔"

"پھر تو ممکن نہیں۔"

لیکن اس نے ناممکن کو ممکن بنا دیا۔

ایک روز دوپہر کو اس کی برات آئی اور شام کو وہ ڈولی میں بیٹھ کر سسرال چلی

گئی۔ وہ شہر سے لوٹا تو گھر کے سب لوگ اس کی شادی میں شرکت کے لئے گئے ہوئے تھے۔ شام سے کچھ دیر پہلے اس کی رخصتی ہوئی اور سب لوگ اپنے اپنے گھر آ گئے۔ گاؤں میں کچھ دیر شادیانے بجتے رہے پھر ہر طرف اداسی چھا گئی۔

کاتک کا مہینہ تھا اور پورے چاند کی رات۔

خنک چاندنی ہر سو پھیلی ہوئی تھی اور اوس سے بوجھل ہوا چل رہی تھی۔ بھورے شاہ کے مزار پر قوالی ہو رہی تھی اور گیت دھمالیں ڈال رہے تھے۔

"چھیتی بوہڑیں وے طبیبا نہیں تے میں مر گیاں۔ تیرے عشق نچایاں کر کے تھیا تھیا۔"

قدموں کی دھمک اور گھنگھروؤں کی جھنکار سنائی دے رہی تھی۔ گھر والے اس شور کی وجہ سے جمعرات کو چھت پر نہیں سوتے تھے مگر وہ چھت پر ہی سوتا تھا کیونکہ اسے قوالیاں اور گیت اچھے لگتے تھے اور اگر سونا چاہتا تو لوری کا کام دیتے اور سپنوں میں رنگ بھرتے رہتے۔ اور آج تو دل کے زخموں پر مرہم کا کام دے رہے تھے۔

گاؤں بھر کی چھتیں ایک دوسری سے ملی ہوئی تھیں اور بڑی گلی کے دونوں طرف کسی بھی ایک چھت پر چڑھ کر پورے گاؤں میں گھوما جا سکتا تھا۔ قوالی کے بول بھی بانس کی سیڑھیاں لگا کر ہر چھت پر چڑھ آئے تھے اور پورے گاؤں میں گھوم رہے تھے۔

ابھی اس کی آنکھ لگی ہی تھی کہ خوشبو کا ایک جھونکا سا آیا اور اس نے چونک کر آنکھیں کھول دیں۔ اور یہ دیکھ کر اس کی حیرت کی انتہا نہ رہی کہ زیورات سے

لدی، سہاگ کے اسی سرخ جوڑے میں ملبوس وہ چاند کی طرف رخ کئے پائنتی کی طرف کھڑی تھی۔ اس کا سسرال تین چار کوس دور تھا اور اس کی رخصتی ہوئے بمشکل ایک پہر گزرا تھا۔ اس کا اکیلے اتنی رات گئے واپس آ جانا ممکن نہیں تھا۔ یقیناً یہ خواب تھا یا کوئی اسرار۔ کیا پتہ بھورے شاہ کے مزار کی کوئی ڈائن یا پچھل پائی اپسرا کا روپ بھر کر آگئی ہو۔

اس نے تھوڑی دیر کو آنکھیں بند کر لیں اور جب دوبارہ کھولیں تو وہاں کوئی نہیں تھا۔ یقیناً یہ سوتی یا جاگتی آنکھوں کا خواب ہی تھا ورنہ وہ اتنی جلدی بہت سی چھتیں پار کر کے غائب نہ ہو جاتی۔ مگر ہوا میں اب تک اس کی خوشبو موجود تھی۔ اگر وہ صرف گمان تھی تو یہ خوشبو کہاں سے آئی؟

اگلے روز پتہ چلا اس نے سسرال پہنچتے ہی شور مچا دیا تھا کہ اس سے بھول ہو گئی ہے۔ اس نے شوہر کا منہ دیکھنے سے پہلے بھورے شاہ کو سلام کرنے کی منت مانی ہوئی تھی۔ اس کا شوہر اور سسرال والے بھورے شاہ کے معتقد اور مرید تھے وہ اس کے فریب میں آ گئے۔ انہوں نے کہاروں سے کہا کہ وہ اسے فوراً لے جائیں اور سلام کروا کر واپس لے آئیں۔ اس کے ہوش اُڑ گئے۔ مزار سے نکل کر اتنی دُور آتے جاتے اسے ضرور کسی نہ کسی نے دیکھ لیا ہو گا اور بات پھیل جائے گی۔

اس کا اندیشہ درست نکلا۔ بات نہ صرف پھیل گئی تھی بلکہ اس کے سسرال والوں نے خفیہ طور پر اس کا بھورے شاہ کے مزار تک پیچھا کیا تھا۔ اگلے روز اس کے بھائیوں نے بھی تفتیش شروع کر دی۔ اس کے لئے اب گاؤں چھوڑ دینے کے سوا کوئی چارہ نہ تھا وہ ایک روز شہر اور کچھ عرصہ بعد بیرونِ ملک چلا گیا۔

شروع شروع میں اس کے بارے میں خبریں ملتی رہیں کہ سسرال والوں کی طرف سے اس پر بہت پابندیاں ہیں۔ شوہر سختی کرتا اور مارتا پیٹتا ہے اور اسے میکے گاؤں آنے جانے اور والدین سے ملنے تک کی اجازت نہیں۔ کچھ ہی عرصہ بعد اس کے سسرال والوں نے دوسرے صوبے میں زمین خرید لی اور وہاں منتقل ہو گئے۔ پھر ایک روز پتہ چلا کہ وہ بیمار ہو کر فوت ہو گئی ہے۔ لیکن کچھ لوگوں کو شبہ تھا اسے قتل کر دیا گیا تھا اور اس کے بھائی اور دوسرے رشتہ دار بھی اس واردات میں شامل تھے۔

اور اب اتنے برسوں بعد وہ اس کے سامنے زندہ اور سلامت موجود تھی مگر جیسے اس کی قلبِ ماہیت ہو چکی تھی۔ شاید زندگی کے تلخ تجربات اور ٹھوکروں نے اس کے مزاج کو تبدیل کر دیا تھا اور اس کی ساری شوخی، بہادری اور جوش چھین لیا تھا ورنہ وہ اتنے عرصہ بعد اور ایک اجنبی سرزمین میں اسے اچانک دیکھ کر بے اختیار لپٹ نہ جاتی؟

سب لوگ اپنی سیٹوں پر جا کر بیٹھ چکے تھے اور ڈرائیور ہارن دے کر اسے بلا رہا تھا۔ اب مصلحت اور احتیاط کی گنجائش نہیں تھی اس نے کہا،

"تم نے مجھے پہچانا جمیلہ۔ میں طاہر ہوں۔ پتہ نہیں تم یہاں کیسے پہنچیں اور کس حال میں ہو مگر شکر ہے تم زندہ ہو۔ ہم نے تو سنا تھا تمہیں قتل کر دیا گیا تھا۔"

اس نے پریشان ہو کر پہلے بڑھیا کو اور پھر اپنے ارد گرد دیکھا پھر بولی،

"تم نے ٹھیک سنا تھا۔ انہوں نے پاؤں کے ساتھ پتھر باندھ کر مجھے اندھے کنویں میں پھینک دیا تھا۔"

"پھر تم یہاں کیسے پہنچیں؟"

"مجھے جس کنویں میں پھینکا گیا تھا اس کی تہہ نہیں تھی۔ وہ چاہ در چاہ کی صورت اندر سے دنیا بھر کے کنوؤں سے ملا ہوا تھا۔ میں نیچے ہی نیچے گرتی چلی گئی اور اس بڑھیا کے بیٹے نے مجھے اپنے گھر کے کنویں سے باہر نکال لیا۔"

"اب تم میرے ساتھ واپس چلو گی؟"

"نہیں" وہ بولی۔ "لیکن ایک اجنبی کے ساتھ بات کرنے کے جرم میں اب یہ بھی مجھے کنویں میں پھینک دیں گے۔ تم مجھے تلاش کر کے وہاں کسی کنویں سے نکال لینا۔"

بڑھیا اپنی زبان میں زور زور سے کچھ بولنے لگی۔ گائیڈ بھاگا بھاگا آیا اور اس کا ہاتھ پکڑ کر اسے فلائنگ کوچ میں لے گیا۔ اچانک فلائنگ کوچ جہاز میں تبدیل ہو کر فضاء میں اڑنے لگی۔ پھر ائیر ہوسٹس کی آواز سنائی دی۔

"خواتین و حضرات .بیلٹس باندھ لیجئے ہم تھوڑی دیر میں بیجنگ کے بین الاقوامی ائیر پورٹ پر اترنے والے ہیں۔"

***

۴

دیوار گریہ

گاؤں کے سر کردہ لوگوں کے وفد سے میں نے اتوار تک کی مہلت مانگی اور وعدہ کیا کہ میں گاؤں آکر اسے سمجھاؤں گا ہو سکتا ہے وہ میری بات مان جائے۔

انہوں نے کہا، "ہم اتوار تک آپ کا انتظار کریں گے، ہمیں آپ کا بہت لحاظ ہے اور ہمیں یقین ہے کہ وہ آپ کی بات ضرور مان جائے گی۔ کیونکہ وہ صرف آپ سے ڈرتی ہے۔"

"اب میں انہیں کیا بتاتا کہ اگر وہ مجھ سے ڈرتی ہے تو میں بھی تو اس سے ڈرتا ہوں ایک انجانے خوف کی دیوار ہم دونوں کے درمیان حائل ہے کبھی کبھی یوں لگتا ہے ہم دونوں اپنے اپنے ہاتھوں پر اس دیوار کو روکے کھڑے ہیں اور ہم میں سے جس نے بھی ہاتھ پیچھے ہٹائے وہ دیوار کے نیچے دب جائے گا۔

وہ میری سگی خالہ نہیں تھی۔

لیکن وہ مجھے اپنی سگی خالاؤں سے زیادہ اچھی لگتی تھی۔

یہ عجیب بات ہے کہ خوبصورت چیزیں ہمیں دوسری چیزوں کے مقابلے میں زیادہ میں زیادہ اچھی لگتی ہیں خواہ ان کا تعلق ہم سے ایک جیسا ہو۔ ہم اپنے بچوں میں

سے خوبصورت ترین بچے سے زیادہ پیار کرتے ہیں اور خواہ ہمارے قدموں میں گیارہ کڑیل جوان بیٹے بیٹھے ہوں بارھویں خوبصورت بیٹے کی جدائی میں ہماری آنکھیں روزنِ دیوارِ زنداں بن جاتی ہیں۔

خوبصورت بیٹیوں کے بڑھتے ہوئے بدن اور روز بروز گلابی ہوتے رخسار دیکھ کر میں خواہ مخواہ ان پر پیار آنے لگتا ہے۔ بدصورت بہن کو ہم آسانی سے ڈانٹ سکتے ہیں لیکن خوبصورت بہن کی فرمائش آسانی سے نہیں ٹال سکتے۔

خالہ خوبصورت تھی اس لئے مجھے اپنی سگی خالاؤں سے اچھی لگتی تھی۔ ویسے بھی ہم بچپن میں ایک ساتھ کھیلے تھے۔

وہ مجھ سے کچھ ہی بڑی تھی مگر اسے کہانیاں بہت یاد تھیں۔ میری اس سے بڑی دوستی تھی اور میں زیادہ تروقت اسی کے ہاں گزارتا تھا۔ کبھی کبھی خالہ اپنی خالہ کے ہاں چلی جاتی تو میرا دل اُداس ہو جاتا۔ میں ابا کے صندوق سے وہ کتاب نکال لیتا جس میں ہر طرح کے تعویذ اور گنڈے تھے یہ کتاب ابا کے ہاتھ داداجان کے انتقال کے بعد آئی تھی لیکن میں اتنا طویل انتظار نہیں کر سکتا تھا۔ میں کتاب سے بچھڑے اور روٹھے ہوئے محبوب کو منانے اور واپس بلانے کے تعویذ نقل کر کے آزماتا اور خالہ کو چند ہی روز میں واپس آنا پڑ جاتا لیکن اسے بالکل پتہ نہ چلتا کہ میں نے اسے کس طرح واپس آنے پر مجبور کیا ہے۔

پھر خالہ اچانک بڑی ہو گئی اور زیادہ خوبصورت بھی۔ اسے کا گال انگاروں کی طرح دہکنے لگے۔ آنکھیں زیادہ چمکیلی اور نشیلی ہو گئیں اور بال لمبے ہو کر ٹخنوں تک پھیل گئے جب کبھی وہ مجھے پیرا کرتی اور میرا منہ چومتی۔ مجھے اس سے بڑی میٹھی

میٹھی خوشبو آتی اور میرا جی چاہتا وہ میرا جی چاہتا وہ میرا من چومتی رہے اور مجھے اپنے نرم نرم سینے سے لگا کر بھینچتی رہے۔ مگر وہ اب مجھ سے زیادہ منظوم پنجابی داستانوں کے کرداروں سں محبت کرنے لگی تھی ان کرداروں میں اسے ہیر اور مرزا پسند تھے اور مجھے رانجھا اور صاحباں۔۔۔ اس اختلاف پر کئی بار ہمارا جھگڑا ہو جاتا اور ہم کئی کئی روز تک ایک دوسرے سے بات نہ کرتے۔

خالہ کی آواز بری اچھی تھی وہ اکثر ہر وارث شاہ کے بند گنگنایا کرتی۔

"میرے میکے کی گلیوں کو ہاتھ جوڑ کر میرا اسلام کہنا اور ترنجن میں جا کر میری سکھیوں کو میرا پیغام دینا کہ وہ مجھے دشمنوں کے حوالے کر کے بھول گئی ہیں۔ میاں رانجھا کے پاؤں پکڑ کر اور میری طرف سے ہاتھ جوڑ کر کہنا کہ خدا کی رحمت سے مایوس سے نہ ہو وہ بے آسروں کا آسرا ہے میرے ماں باپ سے کچھ بھی نہ کہنا انھوں نے مجھے گھمن گھیر میں غرق کیا ہے ان سے اب میرا کوئی ناطہ نہیں ہے۔"

خالہ جب مجھے ہیر پڑھ کر سناتی تو مجھے یوں لگتا جیسے وہ میری بجائے اپنے آپ کو سنا رہی ہو۔ ہیر پڑھنے پر اُسے کئی بار ڈانٹ بھی پڑ چکی تھی۔ اڑوس پڑوس میں بھی چہ میگوئیاں ہوتی تھیں گاؤں میں عورتوں اور لڑکیوں کے لئے ہیر وارث شاہ پڑھنا بڑا معیوب سمجھا جاتا تھا لیکن مجھے اور خالہ کو اس میں کوئی برائی نظر نہ آتی تھی۔

کبھی کبھی خالہ کسی لفظ پر اٹک جاتی تو مجھے بڑی خوشی ہوتی میں چونکہ سکول میں پڑھتا تھا اس لئے ہجے کر کے لفظ پڑھنے میں کامیاب ہو جاتا۔ لفظ جتنا مشکل ہوتا وہ اتنا ہی زیادہ پیار کرتی میرا جی چاہتا اُسے ایک بھی لفظ پڑھنا نہ آئے۔ میں دل ہی دل میں دعا مانگتا۔ اللہ کرے وہ اندھی ہو جائے میں اُسے کتاب کے سارے لفظ پڑھ

پڑھ کر سناتا رہوں ااور ہر لفظ پر۔۔۔ مگر خیر یہ بچپن کی باتیں ہیں۔

پھر مجھے تعلیم کے سلسلے میں شہر بھیج دیا گیا اور میں خالہ سے جدا ہو گیا۔ میں شہر میں جب بھی کسی حسین عورت کو دیکھتا مجھے خالہ یاد آ اجتی اور میں دل ہی دل کا خالہ سے موازنہ کرنے لگتا۔ شہر میں قدم قدم پر حسین عورتیں تھیں لیکن میں نے خالہ سے بڑھ کر کسی کو نہ پایا۔ لمبی لمبی کاروں میں حسین اور امر عورتوں کو دیکھ کر مجھے رشک آتا کاش خالہ بھی ایسی ہی کسی لمبی چمکیلی کار میں بیٹھی ہو اور اس کا دولت مند میاں اس کی ہر ادا اور فرمائش پر آنکھیں بچھا رہا ہو۔

خالہ سے اب میری ملاقات بڑے وقفوں سے ہوتی تھی۔

لیکن میں جب بھی گاؤں جاتا زیادہ تر وقت اس کے گھر میں گزارتا۔ اکثر ہمارے گھروں کے تعلقات خوشگوار نہ ہوتے اور ایک دوسرے کے ہاں آنا جانا بند ہوتا لیکن ہم پر اس کا کچھ اثر نہ پڑتا۔ خالہ کے گھر والے مجھ سے بات نہ بھی کرتے تو بھی خالہ سے مل کر ساری کوفت دور ہو جاتی ہے۔ وہ مجھے طرح طرح کی چیزیں اور پکوان کھلاتی اور ہم پہروں باتیں کرتے رہتے۔ گاؤں کے باتیں، شہر کی باتیں، فلموں کی باتیں جو میں شہر میں دیکھتا تھا اور کتابوں کی باتیں جو ہم دونوں ایک دوسرے کو پڑھ پڑھ کر سنایا کرتے تھے۔

خالہ اب مجھ سے اور بڑی ہو چکی تھی۔

کبھی کبھی مجھے وہ ایک بڑی عورت نظر آتی اور مجھے اس سے جھجک محسوس ہونے لگتی لیکن ایک بار جب ہم باتیں شروع کر دیتے تو ساری اجنبیت اور جھجک خود بخود دور ہو جاتی۔ خالہ اب بے قرار ہو کر مجھے لپٹاتی اور چومتی نہیں تھی اور شاید میں

بھی اب اس کی توقع نہیں کرتا تھا۔

ایک بار گرمیوں کی چھٹیاں تھیں جو کسی طرح ختم نہیں ہو رہی تھیں۔ گھر والوں نے مجھے خالہ کے ہاں جانے سے سختی سے منع کر رکھا تھا۔ میں نے پہلے پہل اس کی پرواہ نہ کی مگر پھر سخت ڈانٹ ڈپٹ ہوئی اور والدہ نے مجھے ب اور کرانے کی کوشش کہ دشمن کا کچھ اعتبار نہیں ہوتا کیا پتہ وہ لوگ مجھے زہر دے کر ہلاک کر ڈالیں اور دشمنی کا بدلہ چکائیں۔ میں دل ہی دل میں ہنسا، خالہ کے ہوتے ہوئے مجھے اس کا گھر میں زہر کیسے دیا جاسکتا تھا۔ میرے لئے ایسا سوچنا بھی ممانعت تھی لیکن پھر والدہ کے بار بار کہنے سے شک نے میرے دل کے کسی گوشے میں ڈیرہ جمالیا کہ خالہ کے ہاں بہت کم جاؤں گا اور ان کے ہاں سے کھانے پینے کی کوئی چیز تو بالکل نہیں لوں گا۔

دو ایک روز بعد مجھے چلے جانا تھا اور میں خالہ سے ملے بغیر نہیں جانا چاہتا تھا اس لئے ایک سہ پہر میں گھر والوں سے چوری اسے ملنے چلا گیا۔ اتفاق سے وہ اس وقت گھر میں اکیلی تھی۔ اس کی طبیعت اچھی نہ تھی اور وہ سر کو دوپٹے سے باندھے بستر پر لیٹی ہوئی تھی مجھے دیکھ کر کھل اُٹھی او حسبِ عادت مسکرا کر بولی،

"بسم اللہ"

میں پائنتی کی طرف بیٹھ گیا وہ کہنے لگی،

"تو نے اچھا کیا جو چلا۔۔۔ میرا بڑا ہی دل چاہ رہا تھا کہ تجھے دیکھوں۔ کل سے میری طبیعت ٹھیک نہیں اور تو مجھے بہت یاد آ رہا تھا۔"

مجھے کوئی بات نہیں سوجھ رہی تھی میں اُٹھ کر اس کے سرہانے بیٹھ گیا اور اس

کیا سر دبانے لگا اس نے آنکھیں بند کر لیں اور کہنے لگی،

"سنا ہے تیری چھٹیاں ختم ہو گئیں۔ وقت گزرتے کیا دیر لگتی ہے ہاں تو مجھے شہر جا کر خط لکھ بھیجا کر۔۔۔ مگر اڑیا۔۔۔ آسان لکھنا تو اب بہت پڑھ گیا ہے نا۔"

"تو جواب دے گی تو لکھوں گا۔"

وہ ہنس پڑی بولی، "مجھے لکھنا کہاں آتا ہے۔"

"کسی سے لکھوا لینا۔"

"نہ بابا۔۔۔" اس نے کہا، "لوگ سمجھیں گے پتہ نہیں کسے خط لکھوا رہی ہے۔

"

پھر خالہ میرے منع کرنے کے باوجود میرے لئے دودھ گرم کر لائی، میرا ماتھا ٹھنکا اس نے دودھ میں کچھ ملا نہ دیا ہو۔

میرے لئے اب نہایت مشکل صورت حال تھی جی چاہتا تھا بھاگ جاؤں گا خالہ کا رویہ دیکھ کر انکار نہیں کر سکتا تھا۔ اگر اسے پتہ چل جاتا کہ میں اس کے بارے میں ایسا سوچ رہا ہوں تو صدمے کی تاب نہ لا کر وہ خود ضرور زہر پھانک لیتی۔

پھر اس خیال سے کہ مجھے خون کی قے کرتے دیکھ کر وہ خود ہی پشیمان ہو گی اور زندگی بھر اپنے اس فعل پر سینہ کوبی کرتی رہے گی میں نے دودھ کا گلاس منہ سے لگایا اور غٹا غٹ پی گیا۔۔۔ اور منہ اور نتھنوں سے خون جاری ہونے کا انتظار کرنے لگا ساتھ ہی اتنی جلدی دنیا سے رخصت ہو جانے کی خیال سے میری آنکھوں آنسو آ گئے۔

اس نے گھبرا کر پوچھا "میں واری۔۔۔ کیا بات ہے؟"

مجھ سے ضبط نہ ہو سکا میں نے کہا۔۔ "امی نے کہا تھا تم لوگ مجھے زہر دے دو گے وہ تڑپ کر پیچھے ہٹ گئی۔ کچھ دیر پھٹی پھٹی نظروں سے مجھے دیکھتی رہی پھر بولی،

"اور یہ جانتے ہوئے بھی تو نے دودھ پی لیا؟"

"اور کیا کرتا؟"

"ہائے میں مر جاؤں۔ "اس نے کہا، "تجھے مجھ پر اتنا اعتبار ہے؟"

مجھے ایسا لگا جیسے میں بے حد کمینہ ہوں اگر خالہ کو پتہ چل جائے کہ میں نے اس پر شک کیا تو؟ وہ رندھی ہوئی آواز میں بولی،

"دیکھ اڑیا۔۔ تو ایسا کبھی نہ سوچنا۔ تجھے زہر دیتے سے پہلے میں خود سو بار زہر نہ پھانک لوں گی۔"

"زہر تو ایک ہی بار میں مار ڈالتا ہے پھر تو سو بار کیسے پھانکے گی؟"

"اچھا گولی مار زہر کو۔" وہ بولی، "کوئی اور بات کر۔"

مجھے پھر ہنسی آ گئی۔ "زہر کو گولی کیسے ماری جا سکتی ہے؟"

اس نے میرا ماتھا چوما اور کان مروڑ کر کہا، "تو بہت شریر ہو گیا ہے۔"

میرا جی چاہتا تھا ہنستا رہوں۔ ہنستا ہی چلا جاؤں۔ ہنسی اور خوشی سے میرا سارا اندر بھر گیا تھا کئی برس بعد اس کے خوبصورت ہونٹ میری پیشانی سے چھوئے تھے دنیا بھر کی لذت اور خوشی ایک لمحے میں قید ہو گئی تھی لیکن پھر خالہ سے اکبرے ماچھی والی بات سن کر میری ساری ہنسی اور خوشی کافور ہو گئی۔

میری سمجھ میں یہ بات نہیں آ رہی تھی کہ وہ ایک کسان کی بیٹی ہو کر ایک کمی سے بیاہ کیسے کرے گی اور اگر بیاہ نہیں کرے گی تو کیا کرے گی؟ مجھے اس پر بڑا غصہ

آیا اور میرا جی چاہا اُسے چوٹی سے پکڑ کر صحن گھسیٹوں مگر اس کی چوٹی دیکھ کر میرا سارا غصہ ٹھنڈا پڑ گیا ور میں سوچنے لگا کہ وہ اتنی بھاری اور لمبی چوٹی کیسے اُٹھائے پھرتی تھی۔

جب میں نے میٹرک کا امتحان پاس کیا خالہ نے بڑی خوشی کا اظہار کیا اسے اپنے ہاتھ سے لڈو بنائے اور اپنی سہیلیوں کو اور مجھے خوب خوب کھلائے۔ اتفاق سے ان دنوں ہما تعلقات بھی خوشگوار تھے لیکن مجھے اس بات کا بے حد رنج تھا کہ گاؤں میں اب اس کے اور اکبرے ماچھی کے بارے میں طرح طرح کی باتیں شروع ہو گئی تھیں۔ یہ باتیں سن سن کر میرا دا اس کی طرف سے کھٹا ہو گیا تھا اور مجھے اس کی کوئی بات اچھی نہ لگتی تھی لیکن میں اے کچھ کہہ نہیں سکتا تھا اس کا سامنا کرنے سے کیوں گھبراتا اس کا مجھے خود بھی پتہ نہیں تھا۔

پھر میں نے کالج میں داخلہ لے لیا اور زیادہ تر ہوسٹل میں رہنے لگا۔

جب کبھی گاؤں جاتا اور میرے ہم عمر مجھ سے کہتے کہ یار اعظم تیری خالہ نے بڑا گند ڈالا ہوا ہے تو شرم سے میری گردن جھک جاتی اور مجھے خالہ پر غصہ آنے لگتا۔ اس لئے میں بے اب گاؤں جانا کم کر دیا تھا اور دل لگا کر پڑھ رہا تھا۔

ایک ایک کر کے کئی برس گزر گئے۔

میں نے تعلیم مکمل کر کے ملازمت کرلی اور میری شادی شہر میں ہو گئی۔

اب میں شہر میں رہتا تھا اور کبھی کبھار گاؤں جاتا تھا۔ تاہم بہت سے لوگ آتے جاتے رہتے تھے اور مجھے ہر طرح کی خبریں ملتی رہتی تھیں۔ گاؤں والے باتیں بنا بنا کر تھک گئے تھے خالہ اور اکبرے ماچھی کی بات اب عام سی ہو گئی تھی لیکن کبھی

کبھی گاؤں والے اچانک بھڑک اُٹھتے تھے۔ مولوی صاحب گاؤں پر عذاب الٰہی نازل ہونے اور قربِ قیامت کی پیش گوئیاں دہرا دہرا کر تھک چکے تھے لیکن خالہ سے براہِ راست الجھنے کا کسی کو حوصلہ نہ پڑتا تھا۔ اپنے والد کے مرنے کے بعد وہ اور سرکش ہو گئی تھی اور خوب کھری کھری سناتی تھی۔ خالہ کی طرح اکبرے کو ٹوکنے کی بھی کسی میں ہمت نہیں تھی سب جانتے تھے کہ وہ ہر وقت ڈبّ میں پستول رکھتا تھا اور اسے کسی بھی قسم کے اقدام کی توقع کی جا سکتی تھی۔

خالہ اب وہ خالہ نہیں رہی تھی جو کبھی گاؤں والوں کے دلوں پر حکمرانی کرتی تھی اور جسے دیکھ کر جوانوں کا ایمان ڈول جاتا تھا اور جسے بیٹی یا بہن کہہ کر پکارنے والوں کے لہجے میں بھی عجیب طرح کی مٹھاس ہوتی تھی سخت جسمانی محنت کی وجہ سے اس کا چہرہ مرجھا گیا تھا اور رنگت تبدیل ہو گئی تھی۔ وہ گھر بار کے کام کاج کے علاوہ کھیتوں میں بھی مردوں کی طرح کام کرتی تھی اکبرے کے سوا پورے گاؤں میں اس کا ہاتھ بٹانے والا کوئی نہیں تھا یہ درست ہے کہ اکبر کبھی اس کے گھر نہیں آتا تھا لیکن سارا گاؤں جانتا تھا کہ وہ باہر ہیر رانجھا کی طرح ملتے تھے اور خالہ اس کے لئے دو وقت کھیتوں پر روٹی لے کر جاتی تھی۔ اُسے دیکھ کر اس پر ترس ضرور آتا تھا لیکن یہ سوچ کر ان حالات کی وہ خود ذمہ دار ہے غصہ آنے لگتا تھا۔

لیکن اب حالات کی نزاکت کو محسوس کرتے ہوئے میرا گاؤں جانا اور اس سے بات کرنا ضروری ہو گیا تھا پروگرام کے مطابق میں اتوار کے روز گاؤں پہنچ گیا۔

رات کا کھانا کھا کر اور والدہ سے اجازت لے کر میں اس کے گھر کی طرف روانہ ہوا۔

اس کے گھر کے دروازے پر کھڑے ہو کر میں نے فیصلہ کیا کہ اس سے پہلے کہ وہ اپنی باتوں شہد میں مجھے ڈبو دے میں ایک ہی سانس میں اپنی بات کا سارا زہر اُنڈیل دوں گا اور اسے کھری کھری سناؤں گا۔

کئی لمحوں یا شاید صدیوں بعد میں نے دروازے پر دستک دی۔ دروازہ کھولے بغیر اس نے دستک پہچان کر اور چہک کر کہا،

"بسم اللہ"

اس کی آواز سے اس کا گھر ہی نہیں گلی بھی روشن ہو گئی۔ اس نے دروازہ کھولا اور میرا ہاتھ پکڑ کر مجھے اپنی بوڑھی اور نابینا ماں کے پاس لے گئی اور بولی،

"دیکھ ماں۔۔۔ اعظم آیا ہے۔"

میں نے سلام کیا۔ اس کی ماں نے دعا دی۔ خالہ لپک کر کرسی اٹھا لائی۔ میں بیٹھ گیا تو اس نے میرے سامنے تپائی لا رکھی اس پر ہاتھ سے بنا ہوا رومال بچھایا۔ لالٹین کی لو اونچی کی اور کہنے لگی،

"میں بھی کہوں۔۔۔ یہ سارا دن کوا کیوں بولتا رہا ہے۔ مجھے کیا پتہ تھا کہ تو آنے والا ہے۔"

"میں سہہ پہر کو آ گیا تھا ملنے ملانے اور کھانا کھانے میں دیر ہو گئی۔"

"ہائے مجھے کیا پتہ تھا کہ تو آیا ہوا ہے اگر مجھے پتہ چل جاتا تو میں نائیوں کے گھر کی چھت پر کھڑے ہو کر تجھے ایک نظر دیکھ آتی۔"

اس نے لالٹین میرے قریب رکھ دی پھر بولی،

"اب تو بڑا آدمی ہو گیا ہے نا۔۔۔ مگر اڑیا۔۔۔ فکر نہ کر۔۔۔ میں تجھے پیالے

میں چائے نہیں دوں گی میں نے تیرے لئے چائے کا سیٹ خرید لیا ہے اور کئی مہینوں سے چائے کا بن ڈبہ منگا کر رکھا ہوا ہے مجھے پتہ تھا تو ضرور آئے گا۔ "

وہ مجھے بٹھا کر چائے بنانے لگی۔ ساتھ ساتھ گھر کے حالات اور خیریت پوچھتی رہی بات بات پر خوش ہو کر کہتی،

"میں تو ہر وقت دعا مانگی رہتی ہوں اللہ تجھے اس سے بڑا عہدہ دے میرا دل تو ہر وقت تیری یاد میں جلتا رہتا ہے پتہ نہیں تو نے بھی کبھی مجھے یاد کیا ہے کہ نہیں۔۔۔ اڑیا۔۔۔ تو نے تو آج تک مجھے اپنے گھر آنے کی دعوت بھی نہیں دی۔ آپا ہم سے ناراض رہتی ہیں پر تو ایسا نہیں کرنا چاہیئے۔"

میں نے سوچا کہ اس سے پہلے کہ وہ مجھے کوئی بات کرنے کے قابل نہ چھوڑے مجھے اپنی بات شروع کر دینی چاہیئے میں نے کہا،

"میں تجھے یاد تو کرتا ہوں لیکن یہ یاد بڑی تلخ ہوتی ہے مجھے تمہارے حالات سن کر ندامت ہوتی ہے۔"

وہ چپ ہو گئی اس کی بجائے اس کی والدہ نے جواب دیا،

"پتر۔۔۔ تو ٹھیک کہتا ہے۔۔۔ تو سیانا ہے تو ہی اسے سمجھا۔۔۔ اس نے ہمارا دین اور دنیا دونوں خراب کر دیئے ہیں کاش یہ دن دیکھنے سے پہلے بھی موت آجاتی۔ "

"ماں جی" میں نے کہا "میں اسی مقصد سے آیا ہوں گاؤں والے آپ لوگوں کا حقہ پانی۔۔۔"

خالہ بپھری ہوئی شیرنی کی طرح غراتی ہوئی میرے قریب آئی اور چیخنے کے

سے انداز میں بولی،

"گاؤں والوں کو چھوڑ۔۔۔ تو اپنی کہہ"

میں سہم گیا۔

وہ بولی، "میں سمجھتی تھی تو پڑھا لکھا ہے انصاف کی بات کرے گا مگر تو بھی۔۔

۔"

اس کی آواز بھرا گئی آنسو پیتے ہوئے بولی،

"اس اجڑے گاؤں میں کیا کچھ نہ ہوا۔ یتیموں کی زمین لوگوں نے اپنے نام لگوا لی۔ قاتل دندناتے پھرتے رہتے اور بے گناہ سولی چڑھ چڑھ گئے۔ چوریاں، ڈاکے، شراب، جوا، اغوا۔۔۔ مگر ایک ہمارا نکاح نہ ہوا۔ ہم نے والدین اور گاؤں والوں کی منتیں کیں۔ سائیں چپ شاہ کے مزار پر چراغ جلائے۔ مولوی صاحب کے پاؤں پکڑے مگر انہوں نے کہا پنچائت نہیں مانتی۔۔۔ کیونکہ اس سے نئی رسم پڑنے کا ڈر ہے۔ میں پوچھتی ہوں کیا تونے بھی یہی کچھ پڑھا ہے؟"

وہ بلند آواز میں رونے لگی۔

روتے روتے بولی، "سوچتی تھی ایک دن تجھے خیال آئے گا۔ تو آئے گا اور انصاف کرے گا مگر اجمیری تمام امیدیں خاک میں مل گئی ہیں۔ میرا سارا مان ٹوٹ گیا ہے۔"

وہ ہچکیاں لینے لگی۔

مجھے یوں لگا جیسے میرے اور اس کے درمیان کھڑی ان دیکھے خوف کی دیوار بھی ہچکیاں لینے لگی ہے۔

وہ دیوار سے ٹیک لگائے گھٹنوں میں سر کو چھپائے دیر تک روتی رہی لگتا تھا اب کبھی چپ نہیں ہو گی۔

کسی انجانے خوف سے میرے ہاتھ پاؤں لرزنے لگے اور دل و دماغ میں پٹاخے سے چلنے لگے پھر مجھے ایسا لگا جیسے وہ دیوار جس سے لپٹ کر وہ برسوں سے گریہ کر رہی ہے اس کے آنسوؤں سے آہستہ آہستہ کھرنے لگی ہے۔

***

۵

دام شنیدن: ڈنگر بولی

انہیں شک ہے کہ میں نے اپنا عقیدہ بدل لیا ہے حالانکہ ایسا بالکل نہیں ہے۔ میں نے صرف گوشت خوری ترک کی ہے۔

دنیا میں بہت سے لوگ ایسے ہیں جو گوشت نہیں کھاتے یعنی ویجی ٹیرین ہیں ان کے پاس گوشت نہ کھانے کی اپنی اپنی وجوہات ہوں گی۔ ہو سکتا ہے بعض لوگ کسی عقیدے کے بنا پر گوشت نہ کھاتے ہوں۔ بعض کو ڈاکٹر نے پرہیز بتایا ہو۔ کچھ ایسے بھی ہوں گے جن کا نفسیاتی مسئلہ ہو گا۔ مثلاً میں ایک ایسے شخص کو جانتا ہوں۔ ایک بار بچپن میں جس کا زکام بگڑ گیا تھا اور اسے ہر چیز سے مردار کی بو آنے لگی تھی۔ ایسے میں اسے گوشت کی یخنی پلائی گئی تو اسے قے ہو گئی، کیونکہ اسے اس میں سے مردار کی بو آئی حالانکہ یہ بو اس کے اپنے اندر پیدا ہو گئی تھی مگر اس کا دل اس روز سے ہمیشہ کے لئے گوشت سے پھر گیا۔

لیکن میرا معاملہ بالکل مختلف ہے میں بچپن سے اب تک گوشت خوری کا بے حد شوقین رہا ہوں۔ حالانکہ خون میں یورک ایسڈ کی مقدار زیادہ ہو جانے کی وجہ سے مجھے کئی بار ڈاکٹروں نے اس سے پرہیز بتایا اور اس کے نتائج سے آگاہ کیا۔ مگر

میں ان کی ہدایات پر کبھی پوری طرح عمل نہ کر سکا۔ مگر اب میں نے کچھ عرصہ سے گوشت خوری بالکل ترک کر دی ہے۔ تاہم اس کی وجہ عقیدے کے تبدیلی نہیں۔ میرا خیال ہے کہ مجھے اصل بات اب بتا ہی دینی چاہیے تا کہ کسی قسم کی مزید غلط فہمی پیدا نہ ہو۔

قصہ در اصل یہ ہے کہ مجھے بچپن ہی سے مختلف زبانیں سیکھنے کا شوق تھا اور میں نے چند ایک زبانیں سیکھیں بھی۔ لیکن سچی بات یہ ہے کہ میرا جانوروں اور وہ بھی بھیڑ بکریوں کی زبان سیکھنے کا کوئی ارادہ نہیں تھا۔ اسے بس اتفاق اور میری بد قسمتی ہی سمجھئے کہ میں یہ زبان بلا ارادہ سیکھ گیا۔ ان دنوں ہم گاؤں میں رہتے تھے اور جہاں ہمارا گھر تھا وہاں پچھواڑے میں بھیڑ بکریوں کا ایک باڑہ تھا۔ میں رات کو دیر تک سکول کا کام کرتا اور جاگتا رہتا اور بھیڑ بکریوں اور ان کے میمنوں کی آوازیں سنتا رہتا۔ دو ایک بار اندھیری رات میں بھیڑیا باڑے میں گھس آیا اور ایک آدھ بھیڑ اٹھا کر لے گیا۔ جس کے بعد بھیڑ بکریاں اور میمنے ہر وقت ڈرے ڈرے او سہمے سہمے رہنے لگے۔ خصوصاً گرمیوں کی تاریک راتوں میں بھیڑیوں کے خوف سے بھیڑ بکریاں رات رات بھر ممیاتی رہتیں۔ میں لیمپ بجھا کر سونے کی کوشش کرتا مگر ان کی آوازیں اور سرگوشیاں مجھے سونے نہ دیتیں پھر پتہ نہیں کیسے خود بخود ان کی زبان میری سمجھ میں آنے لگ گئی۔ رات بھر میمنے اس قسم کی باتیں کرتے رہتے،

"ماں مجھے ڈر لگ رہا ہے۔"

"ماں مجھے بھوک لگ رہی ہے۔"

"ماں دن کب نکلے گا۔"

"ہائے مجھے سردی لگ رہی ہے۔"

اور ہر ماں کی طرح ان کی مائیں بھی انہیں جھوٹی سچی تسلیاں دیتی اور بہلاتی رہتیں۔

ایک دفعہ ابا کو پتہ نہیں کیا بیماری لگ گئی۔ حکیم صاحب نے انہیں گولیاں دیں اور ہدایت کی کہ وہ ان کو بکری کے دودھ کے ساتھ ایک عرصہ تک استعمال کریں کچھ روز تو ابا پڑوس والوں سے دودھ مانگتے رہے پھر انہوں نے دودھ دینے والی ایک بکری خرید لی۔ جس کے ساتھ دو ننھے منے گل گتھنے میمنے بھی تھے۔ ایک کالا دوسرا ڈب کھڑبا۔ اس طرح مجھے بکروں کے زیادہ قریب رہ کر ان کی زبان سیکھنے کا موقع مل گیا۔ میمنوں سے میری گہری دوستی ہو گئی۔ میں اسکول سے واپس آکر دیر تک ان سے کھیلتا رہتا۔ انہیں اپنے قاعدے اور کتابوں سے کہانیاں اور نظمیں پڑھ پڑھ کر سناتا۔ شام کو انہیں اپنے ساتھ کھیتوں کھلیانوں میں لے جاتا۔ ان کے لئے گھاس کاٹتا، درختوں سے ٹہنیاں توڑتا۔ وہ گھاس یا درختوں کے پتے کھاتے رہتے۔ رات کو وہ اپنی ماں کو دن بھر کی سیر اور کھیل کود کی تفصیل بتاتے اور دوڑنے، چھلانگیں لگانے، کھال اور گڑھے پھلانگنے، بلند ٹیلوں اور جھاڑیوں پر چڑھنے میں ایک دوسرے سے بازی لے جانے کی ڈیں گیں مارتے۔

"میں بڑا ہو گیا ہوں۔" ایک کہتا۔

"نہیں میں اس سے بڑا ہو گیا ہوں۔" دوسرا کہتا۔

بکری ان کے ہوشیار اور بڑا ہونے کی باتیں سن کر اداس ہو جاتی اور کہتی، کاش تم ہمیشہ چھوٹے ہی رہو۔ کبھی بڑے نہ ہو۔"

ان دونوں کی سمجھ میں بالکل نہ آتا، ماں ایسا کیوں سوچتی اور کہتی تھی۔ وہ برا مان جاتے اور دیر تک اس سے روٹھے رہتے۔ میں نے بھی انہیں بتانا مناسب نہ سمجھا کہ ان کے بڑے ہونے پر کس قسم کے حالات پیدا ہو سکتے ہیں۔

پھر ایک دن ڈب کھڑبا گم ہو گیا۔ ہم نے بہت ڈھونڈا مگر اس کا کچھ پتہ نہ چلا۔ بکری کئی روز تک اسے یاد کر کے چلاتی اور ممیاتی رہی۔ میں اور کالا بھی اسے یاد کرتے رہے۔ پھر آہستہ آہستہ بھول گئے۔

کالا اب اور بڑا ہو گیا تھا۔ اس کے سینگ بڑے اور نوکیلے ہو گئے تھے اور اس کے جسم سے بڑے بکروں جیسی بو آنے لگی تھی۔ بڑے بوڑھے اکثر اس کا منہ کھول کر اس کے دانت دیکھتے۔ میرے ہم عمر لڑکے اسے دیکھ کر ڈر جاتے حالانکہ وہ کسی کو کچھ نہیں کہتا تھا۔ میں اسے ساتھ لے کر گھومتا رہتا۔ ہم ایک دوسرے کی زبان ہی نہیں، اشارے بھی سمجھتے تھے۔ میں اسے جہاں بلاتا وہ دوڑ کر پہنچ جاتا۔ جس بات سے منع کرتا، منع ہو جاتا۔ میں جدھر جاتا وہ میرے پیچھے پیچھے آ جاتا۔ مجھے دور سے پہچان لیتا۔ میری خوشبو سے مجھے جان لیتا۔ لیکن ایک روز بڑا دلچسپ واقعہ ہو گیا۔

وہ میرے مغالطے میں شرفو نائی کے پیچھے چل پڑا۔ شرفو بے چارہ گھبرا گیا۔ وہ جدھر جاتا جس قدر تیز بھاگتا کالا بھی اس کے پیچھے دوڑتا آتا۔ خوف سے تھر تھر کانپتا شرفو بڑی مشکل سے جان بچا کر گھر پہنچا۔ اس کی ماں شکایت لے کر آئی کہ آپ کے بکرے نے مارنے کے لئے دور تک میرے بیٹے کا پیچھا کیا ہے۔ شرفو کی ماں چلی گئی تو میں نے بکرے سے استفسار کیا اور یہ جان کر میری ہنسی چھوٹ گئی کہ شرفو نے اس روز اسی رنگ کی چادر اوڑھی ہوئی تھی جیسی میری تھی اور کالا یہ سمجھتا رہا کہ وہ

میرے پیچھے بھاگ رہا ہے۔ بکرے نے بھی اس واقعے پر ہنسنا چاہا مگر کوشش کے باوجود نہ ہنس سکا اور دیر تک اس بات پر اداس رہا کہ اسے ہنسنا نہیں آتا تھا۔ لیکن اگلے روز یہ معلوم کر کے کہ اس کی ماں سیم نالے کے پل سے گر کر زخمی ہو گئی تھی اور اسے ذبح کیا جا رہا تھا، ہم دونوں سخت پریشان ہو گئے۔ میں اسے دیر تک تسلی دیتا اور اس کا دل بہلانے کی کوشش کرتا رہا۔ لیکن بعد میں جب اسے پتہ چلا کہ میں نے بھی اس کی ماں کا گوشت مزے لے لے کر کھایا ہے تو وہ مجھ سے بدکنے لگا۔ اور کئی روز تک میرے قریب آنے سے ہچکچاتا رہا۔ میں اسے پیار کرنے لگتا تو وہ سمجھتا میں دانتوں سے اس کی بوٹی نوچنے لگا ہوں۔ میں نے اسے سمجھانے کی کوشش کی کہ میں آدمی ہوں بھیڑیا نہیں۔ ہم آدمی زندہ جانوروں کو نہیں کھاتے۔ کھانے سے پہلے انہیں مار لیتے ہیں۔ کچا نہیں چبا جاتے۔۔۔ چبانے سے پہلے آگ پر بھون لیتے ہیں۔ پھر آہستہ آہستہ کچھ دنوں بعد اس کا خوف کم ہو گیا اور وہ مجھ پر پہلے کی طرح اعتماد کرنے لگا۔

میں نے گاؤں کے بعد شہر کے ہائی سکول میں داخلہ لے لیا تو وہ بہت اداس ہو گیا۔ مجھے بھی اس سے بچھڑنے کا بہت افسوس تھا مگر مجبوری تھی۔

میں بڑی عید کی چھٹیوں میں خوش خوش گاؤں واپس آیا۔ لیکن یہ جان کر میری ساری خوشی کافور ہو گئی کہ اس بار عید پر اس کی قربانی دی جا رہی ہے۔ میں نے گھر میں ہر ایک کی منت سماجت کی کہ وہ میرے کالے کو چھوڑ دیں اور قربانی کے لئے کوئی دوسرا بکرا یا دنبہ خرید لیں۔ مگر میری ایک نہ چلی۔ کالے کو بالکل پتہ نہیں تھا کہ اس کے ساتھ کیا بیتنے والی ہے۔ میں نے بھی اسے پریشان کرنا مناسب نہ

سمجھا۔ وہ خوش خوش میرے ساتھ دوڑتا پھرتا۔ چھلانگیں لگاتا۔ اونچے پیڑوں کے تنوں سے چمٹ کر پتے نوچتا اور میری ٹانگوں سے سینگ رگڑ رگڑ کر اظہار محبت کرتا۔ مگر جب اسے لٹا کر چھری چلانے لگے تو اس نے گھبرا کر مجھے آوازیں دینا شروع کر دیں۔

اس کے بعد میں نے کبھی کسی بکرے یا پالتو جانور سے دوستی نہیں کی۔ ہر بقر عید پر ہمارے ہاں دنبہ یا بکرا آتا اور ذبح ہوتا رہا لیکن میں کوشش کرتا کہ ان سے دوستی یا محبت نہ ہو۔ ورنہ زیادہ افسوس ہوتا ہے۔ حالانکہ ابا کا خیال تھا، جانور سے جتنی زیادہ مانوسیت اور محبت ہو اتنا ہی زیادہ ثواب ملتا ہے۔ لیکن میں کوشش کے باوجود خود میں اتنی ہمت نہ پاتا۔ چنانچہ جب قربانی کا وقت آتا، میں عید ملنے کے بہانے کسی رشتہ دار یا دوست کے ہاں چلا جاتا۔ اوراس وقت گھر آتا جب بکرا یا دنبہ کٹ چکا ہوتا۔ ابا کہتے تھے اس سے ایمان کمزور پڑ جاتا ہے۔ لیکن میں ایمان کو کمزور نہیں پڑنے دیتا تھا۔ کٹے ہوئے بکرے یا دنبے کو مزید کاٹنے، بوٹیاں چیرنے اور خویشوں اور درویشوں میں تقسیم کرنے میں ان کا ہاتھ بٹاتا تھا۔ گھبراہٹ اور کمزوری کا اظہار میں صرف اسی وقت تک محسوس کرتا تھا جب تک بکرا یا دنبہ زندہ ہوتا اور دیکھ 'سن' بول اور محسوس کر سکتا۔ ہاں مجھے سری سے بہت ڈر لگتا۔ میں قصاب کی دکان پر بھی بکرے یا دنبے کی سری دیکھتا تو اس کی بے جان آنکھوں کا سامنا نہ کر سکتا۔ لگتا جیسے وہ مجھ پر گڑی ہوں اور کچھ کہہ رہی ہوں۔ میری یہ کوشش بھی ہوتی کہ میں کسی بکرے کو پتہ نہ چلنے دوں میں اس کی زبان جانتا ہوں۔ میں نے گھر والوں اور جاننے والوں سے بھی اس کا ذکر نہیں کیا کہ میں بکروں کی زبان جانتا ہوں۔ لیکن

ان کی زبان جاننے سے خاصی تکلیف دہ صورت حال پیدا ہو گئی تھی۔ بعض اوقات مجھے لگتا میں اندر سے بکرا بنتا جا رہا ہوں۔

گھر والوں نے کئی بار اصرار کیا کہ عید کی قربانی میں خود کروں۔ اپنے ہاتھ سے بکرے کے گلے پر چھری چلاؤں کیوں کہ ایسا کرنا سنت ہے۔ مولوی صاحب نے بھی مجھے سمجھایا اور بتایا کہ اس سے اللہ کی راہ میں خون بہانے کا جذبہ اور جرات پیدا ہوتی ہے اور آدمی جہاد میں حصہ لینے کی تربیت پاتا ہے۔ لیکن میں کوشش کے باوجود ایسا نہ کر سکا۔ کیوں کہ ذبح ہونے سے پہلے بکرے جس طرح آہ و بکا کرتے ہیں اسے صرف میں ہی سن اور سمجھ سکتا ہوں اور صرف مجھے ہی اس بات کا اندازہ ہے کہ کسی ہم زبان کو ذبح کرنا کتنا مشکل کام ہے۔ یہ کسی عام آدمی کے بس کی بات نہیں۔ عام آدمی کسی ہم زبان اور ہم جنس کو قتل تو کر سکتا ہے، حلال نہیں کر سکتا۔ اس کے لئے پیغمبروں کا دل اور حوصلہ درکار ہوتا ہے۔ انہیں بھی آنکھوں پر پٹی باندھنا پڑتی ہے۔ مجھے اکثر خیال آتا کہ کاش مجھے بکروں کی زبان نہ آتی ہوتی اور میں اس قدر بزدل نہ ہوتا۔ اگرچہ اسے ایمان کی کمزوری پر محمول کیا جا سکتا تھا مگر میں نے تہیہ کیا ہوا تھا کہ اپنے ہاتھ سے کسی جانور کو ذبح نہیں کروں گا۔ لیکن پچھلے سال میں اپنے اس عہد پر قائم نہ رہ سکا اور یہیں سے خرابی کا آغاز ہوا۔

ہوا یوں کہ بہت سی دعاؤں اور منتوں کے بعد میرے گھر میں اللہ کے فضل و کرم سے بیٹا ہو گیا۔ بہت خوبصورت اور بالکل میمنے کی طرح پیارا۔ ابا نے فوراً عقیقے کے لئے دو بکرے منگوا لئے۔ شہر میں ایک عرصہ سے رہتے رہتے اب بکروں سے کبھی کبھار ہی ملاقات ہوتی تھی اور گفتگو سے تو میں خود بھی گریز کرتا تھا۔ لیکن

عقیقے کے دونوں بکرے کئی روز تک میرے کمرے کی کھڑکی کے قریب صحن میں بندھے رہے۔ خیال تھا کہ جمعرات کو عقیقہ کیا جائے۔ لیکن آپا کو سسرال سے آنے میں دیر ہوگئی۔ شاید ان کا کوئی جیٹھ یاد یور بیمار تھا۔ اس دوران میں دونوں بکرے رات کو جگالی کرتے ہوئے عجیب وغریب گفتگو کرتے رہتے۔ پتہ نہیں انہیں کیسے اپنے انجام کی خبر ہوگئی تھی۔ چھوٹا بہت خوفزدہ تھا۔ ایک رات کہنے لگا۔

"ذبح کس طرح کرتے ہیں؟"

"زمین پر لٹا کر چھری چلادیتے ہیں۔" بڑے نے کہا۔

"تکلیف تو بہت ہوتی ہوگی؟"

"ہاں میں نے ایک بار دیکھا تھا بڑی دیر تک جان نکلتی رہتی ہے۔"

"ذبح کیوں کرتے ہیں؟"

"کھانے کے لئے۔ ان کے منہ بھی بھیڑیئے کے دانت ہوتے ہیں۔"

"میری تو ڈر کے مارے ابھی سے جان نکلنے لگی ہے۔"

ڈر تو مجھے لگ رہا ہے۔"

"کیا دونوں کو ایک ساتھ ذبح کریں گے؟"

"شاید باری باری۔"

"پہلے کون ذبح ہوگا؟"

"تمہیں زیادہ ڈر لگتا ہے اس لئے پہلے میں۔"

"تمہیں ذبح ہوتے دیکھ کر تو میں اور ابھی گھبرا جاؤں گا۔ اس لئے پہلے میں۔"

"نہیں میں۔"

"نہیں میں۔"

"میں میں میں "

میں دیر تک ان کی باتین سنتا رہا۔ پھر اٹھ کر کھڑکی بند کر دی مگر مجھے دیر تک نیند نہ آئی۔

اگلے روز چھٹی کا دن تھا۔ میں دیر سے سو کر اٹھا۔ دیکھا تو گھر میں دوپہر کے کھانے کی تیاریاں ہو رہی تھیں۔ پیاز چھیلے جا رہے تھے۔ مسالہ پیسا جا رہا تھا۔ تکوں، کوفتوں اور بالٹی گوشت کا پروگرام بن رہا تھا۔ والد صاحب شاید قصائی کو بلانے گئے ہوئے تھے۔

کال بیل کی آواز سن کر میں باہر گیا تو پڑوس کی مسجد سے دینی مدرسے کا طالب علم لڑکا کھالوں کے بارے میں پتہ کرنے آیا تھا کہ اتری ہیں یا ن ی۔ میں نے اسے بتایا کہ ابھی ن:ی اتری ہیں۔

"ابھی تک نہیں اتریں۔" اس نے حیرت سے پوچھا۔

"ذبح کیے بغیر کیسے اتار سکتے ہیں؟"

"ہاں جی۔۔۔ یہ تو ٹھیک ہے میں پھر آجاؤں گا۔"

جب ذبح کرنے کا وقت آیا۔ میں گھر سے نکل جانا چاہتا تھا۔ لیکن ابا نے میرے ہاتھ میں چھری تھما دی اور اصرار کیا کہ میں اپنے ہاتھ سے ذبح کروں۔ میں نے بہت کوشش کی مگر انہوں نے مجھے جانے نہ دیا۔

پہلے چھوٹے کو لایا گیا وہ تھر تھر کانپ رہا تھا۔ اور خوف سے ممیا رہا تھا۔ مجھے بہت ترس آیا۔ میں نے کہا۔

"پہلے بڑے کو لاؤ۔"

بڑے کو لایا گیا تو وہ زور زور سے چیخنے لگا۔ پھر گھگھیائی ہوئی آواز میں چھوٹے سے مخاطب ہوا،

"منہ دوسری طرف کرلو چھوٹے۔"

چھوٹے کا اپنی جگہ کھڑے کھڑے پیشاب خطا ہو گیا۔

مجھے اس کی رات والی بات یاد آئی۔ میں نے سوچا بڑے کو پہلے ذبح کیا تو وہ ہول سے مر جائے گا۔ چنانچہ میں نے کہا۔

"پہلے چھوٹے ہی کو لاؤ۔"

اصل میں میں فیصلہ نہیں کر پا رہا تھا کہ پہلے کسے ذبح کروں۔ وہ چھوٹے کو لے آئے جب اسے لٹایا گیا تو اس نے زور زور سے ممیانا اور چیخنا شروع کر دیا۔

"ہائے میں مرا۔۔۔ہائے میں مرا۔"

"حوصلہ کرو۔" میرے منہ سے اچانک نکل گیا۔ "تم اللہ کی راہ میں قربان ہو رہے ہو۔"

بکرے نے چونک کر گردن اٹھائی اور مجھے ایسی نظروں سے دیکھا جیسے پہچاننے کی کوشش کر رہا ہو۔ پھر اس نے ایک لمبا سانس لیا اور چھری کے نیچے اپنی گردن ڈھیلی چھوڑ دی۔

میں نے اللہ اکبر کہہ کر چھری چلا دی اور وہ حلال ہو گیا۔ مگر جب کھانے کا وقت آیا تو مجھے گوشت سے ویسی ہی بو آئی جیسی اپنے نومولود بیٹے سے آتی تھی۔ اور میں نے کھانے سے ہاتھ کھینچ لیا۔

اس کے بعد میں کوشش کے باوجود کبھی گوشت کو نہ چھو سکا۔

اب انہیں شک ہے کہ میں نے اپنا عقیدہ بدل لیا ہے حالانکہ ایسا بالکل نہیں ہے میں نے صرف گوشت خوری ترک کی ہے۔

***

۶

ماس اور مٹی

سب سے پہلے حمد اس رب کی جس کی قدرتوں کا کچھ شمار نہیں۔

اس نے لاکھوں کروڑوں دنیائیں، کہکشائیں اور چاند سورج پیدا کئے۔

اس نے دس لاکھ میل قطر کا سورج بنایا اور اسے کائنات میں ایک نقطے کی حیثیت بخشی۔ اس نے اربوں کھربوں ایسے ستارے بنائے جن میں سے بعض کی روشنی ہم تک لاکھوں کروڑوں سالوں میں پہنچتی ہے۔

پھر درود اس نبیؐ پر جس نے بادشاہوں کو فقیری اور فقیروں کو بادشاہت دے کر ایک ہی صف میں کھڑا کر دیا اور اس نے ان کی عقلوں سے پتھر ہٹا کر اپنے پیٹ پر باندھ لئے۔

پھر سلام روشنی کے ان میناروں کو جنہوں نے باطل کا ساتھ نہ دیا اور حق کی خاطر اپنی گردنیں کٹوائیں اور کھالیں اتروائیں۔

پھر رحمت ان عظیم لوگوں پر جنہوں نے فضا میں ایتھر، زمین میں تیل اور ایٹم میں الیکٹرون پروٹون دریافت کئے۔

اور آخر میں شاباش ان بہادروں کو جنہوں نے ہر حال میں زندگی کا سفر جاری

رکھا اور اس رب کا جس کا ذکر اوپر آیا ہے لاکھ لاکھ شکر ادا کیا۔

حمد، نعت اور اس تمہید کے بعد اب میں اصل موضوع کی طرف آتا ہوں۔

یہ کہانی میرے اپنے گرد بھی گھومتی ہے لیکن اس کا مرکزی کردار ناتو سانسی ہے۔

ناتو سانسی میرے گاؤں کا رہنے والا ہے اور کچھ عرصہ سے گاؤں چھوڑ کر شہر میں آ گیا ہے۔ آپ نے اخبارات میں پڑھا ہو گا کہ کچھ عرصہ سے شہر میں چوری کی انوکھی وارداتیں ہو رہی ہیں۔ چوروں کی ایک ٹولی بڑے بڑے بنگلوں میں گھس کر یا نقب لگا کر باورچی خانوں سے کھانے پینے کی ہر چیز چٹ کر جاتی ہے۔ ان بھوکے پیاسے چوروں کے ہاتھ جو چیز لگتی ہے وہ کھا پی کر غائب ہو جاتے ہیں۔ کپڑے، زیور، نقدی اور دوسری قیمتی چیزوں کو ہاتھ نہیں لگاتے۔ وہ شربت، بیئر اور اسکوایش کی بوتلیں پی جاتے ہیں۔ ریفریجریٹروں میں رکھی ہوئی آئس کریم، پھل، مکھن اور ڈبل روٹیاں کھا جاتے ہیں اور جتنی بھی شکر ملے پھانک جاتے ہیں۔

رب نے ہر انسان کی روزی مقرر کی ہوئی ہے۔

وہ پتھر میں کیڑے کو بھی پالتا ہے۔

اس نے ہر آدمی کا حصہ زمین کے اندر کہیں نہ کہیں چھپا کر رکھ دیا ہوا ہے تا کہ وہ دنیا میں آئے تو اپنا حصہ تلاش کر لے۔

کچھ لوگ اپنا حصہ تلاش نہیں کرتے اور بھوک سے مر جاتے ہیں یا مانگ تانگ کر اور چھین جھپٹ کر وقت گزارتے ہیں۔

بعض دوسروں کے حصے بھی تلاش کر لیتے ہیں، پھر مانگنے والوں کو تھوڑا تھوڑا

دے کر دعائیں لیتے اور ثواب کماتے ہیں۔

چوروں کی یہ ٹولی بھی اپنا حصہ تلاش کرتی پھرتی ہے۔

اندازہ لگایا گیا ہے کہ اس ٹولی میں کم از کم چھ سات چٹورے آدمی ضرور ہیں، جو دس بارہ آدمیوں کی خوراک ایک ہی وقت میں ہضم کر جاتے ہیں۔ ٹڈی دل کی طرح جہاں سے گزر جاتے ہیں ہر چیز کا صفایا کر دیتے ہیں۔

مجھے شبہ ہے ناتو سانسی ان میں ضرور شامل ہے۔

میں نے اسے کئی مرتبہ بس اسٹاپوں، پھل فروٹ کی دکانوں اور سینماؤں کے ٹی اسٹالوں پر دیکھا ہے۔ اس نے بھی مجھے دیکھا ہے لیکن شاید میرے لباس کی وجہ سے وہ مجھے پہچان نہیں سکا یا پھر جان بوجھ کر اجنبی بنا رہا کہ سلام نہ کرنا پڑے۔ مجھے یاد ہے اس نے زندگی بھر گاؤں کے کسی زمیندار یا چودھری کو سلام نہیں کیا۔ شاید یہی وجہ تھی کہ ہر ایک کو اس پر خواہ مخواہ غصہ آجاتا تھا۔ مگر اس کا یہ مطلب نہیں کہ لوگوں کو اس پر محض اسی وجہ سے غصہ آتا تھا۔ شہر آنے سے پہلے اس نے گاؤں والوں کا ناک میں دم کر رکھا تھا۔ اباجی کو ڈر تھا کہ وہ شہر آکر مجھے ڈھونڈلے گا اور پھر روزگار یا بھیک کے سلسلے میں مجھے اکثر پریشان کرتا رہے گا۔ لیکن اس نے تو مجھے پہچاننے سے ہی انکار کر دیا ہے اور اسے اس کی ضرورت بھی کیا ہے۔ میں نے کئی مرتبہ اسے گلے سڑے پھل جمع کرتے اور سگریٹ کے ٹکڑے چنتے دیکھا ہے۔ سینماؤں میں انٹرول کے وقت وہ ٹی اسٹالوں پر کھڑا نظر آتا ہے اور کوکا کولا اور سیون اپ کی بوتلوں میں بچے کھچے گھونٹ پیتا ہے، جنہیں لوگ اس لئے چھوڑ جاتے ہیں کہ ان کے پیٹ میں جگہ نہیں ہوتی کئی بار میرا جی چاہا اسے اپنے پاس بلاؤں اور

کچھ دے ڈالوں مگر اس کی بے نیازی دیکھ کر ارادہ ترک کرنا پڑا۔ وہ میری طرف دیکھتے ہوئے فلٹر ٹپڈ سگریٹوں کا دھواں اڑاتا اور باری باری ہر بوتل سے بچا کھچا سوڈا واٹر پیتا رہتا ہے۔ اس نے کبھی میری پرواہ نہیں کی۔ اسے شاید کسی کی بھی پرواہ نہیں۔ اسے باپ کی بھی نہیں جسے اس کے بدلے گاؤں والوں نے مار مار کر ادھ موا کر دیا اور چمڑی ادھیڑ دی تھی۔ اس کا باپ عرصہ سے اپنی ادھڑی ہوئی کھال، کٹے پھٹے جسم اور ٹوٹی ہوئی ہڈیوں سمیت چارپائی پر پڑا کراہتا رہتا ہے۔ مگر ناتو نے پلٹ کر کبھی اس کی خبر نہیں لی۔

ہم دونوں ایک ہی گاؤں کے رہنے والے ہیں لیکن ہم ایک دوسرے کو دور دور سے اجنبیوں کی طرح دیکھتے ہیں۔ ہمارے درمیان روز بروز فاصلہ بڑھتا جا رہا ہے۔ وہ مجھ سے ہی نہیں کبھی کسی سے مدد یا خیرات لینا نہیں چاہتا اور میں سوچتا ہوں کہ آخر ناتو میرے کس کام آسکتا ہے؟

میں نے گاؤں میں بھی شاید ہی کبھی اس سے بات کی ہو۔ میرا اس سے کبھی تعلق نہیں رہا۔ ہاں اس کی ماں عالمے اور بہن مادو ہر روز بھیک مانگنے گاؤں کا چکر لگاتی ہوئی ہمارے ہاں بھی آتیں اور رسمی سی بے لجاجت دعائیں دیتیں۔ مجھے دیکھ کر اکثر تھوڑی بھیک پر قناعت نہ کرتیں اور اماں کو معمول سے کچھ زیادہ دینا پڑتا۔

شیر و اس کا باپ تھا۔ باپ بیٹا دونوں کوئی کام نہیں کرتے تھے۔ کام نہ کرنا ان کی خاندانی روایت تھی۔ وہ چوری کر سکتے تھے، ڈاکہ ڈال سکتے تھے، قتل کر سکتے تھے، شکار کھیل سکتے تھے مگر کام کرنا ان کے بس کی بات نہ تھی۔ وہ عالمے اور مادو کی جمع کی ہوئی بھیک مزے لے لے کر اڑاتے مگر خود بھیک نہیں مانگتے تھے۔ مانگ ہی

نہیں سکتے تھے۔ چوہڑوں، سانسیوں اور آبادی سے ہٹ کر رہنے والوں میں ایک خاص طرح کی اکڑ ہوتی ہے۔ وہ انہیں کسی کے آگے ہاتھ پھیلانے سے باز رکھتی۔

وہ حرام حلال کے چکر میں نہیں پڑتے تھے۔ کچھوے، بلیلاں، گیدڑ، نیولے اور لومڑیاں سب کچھ کھا جاتے تھے۔ مرے ہوئے مویشیوں کا ماس، کتوں، کوؤں اور گدھوں سے چھین کر ہڑپ کر جاتے تھے، ماس کھانا انہیں بے حد مرغوب تھا خواہ وہ مرے ہوئے مویشیوں کا ہو یا مارے ہوئے مویشیوں کا۔۔۔ ہم آپ مردار جانور یا مویشی کا ماس نہیں کھاتے۔ کھانے کے لئے اسے خود مار لیتے ہیں۔ ہم زندہ مویشیوں کی بوٹیاں نہیں اتارتے، زندہ انسانوں کی بوٹیاں اتار لیتے ہیں۔ لیکن وہ الگ مسئلہ ہے۔

شیر و بڑا بھلامانس اور قناعت پسند آدمی تھا۔ اس نے آج تک ریل گاڑی نہیں دیکھی تھی۔ وہ کبھی شہر نہیں گیا تھا۔ وہ شکار اور مردار پر گزارہ کر لیتا تھا یا پھر عالمے اور مادو کی لائی ہوئی بھیک سے پیٹ بھر لیتا تھا۔ اکثر داروپی کر اور چلم پر کیکر کی چھال کے انگارے رکھ کر وہ، دیوار سے ٹیک لگائے، گدھوں کی پرواز کا جائزہ لیتا رہتا۔ مگر ناتو نے گاؤں والوں کا جینا دوبھر کر دیا تھا ہوش سنبھالتے ہی وہ کھیتوں، کھلیانوں میں ہر جگہ ہاتھ صاف کرنے لگا تھا۔ وہ ڈربوں سے مرغیاں ہی نہیں، باڑوں سے بھیڑ بکریاں بھی اٹھا کر لے جاتا اور ان کو مار کر کھا جاتا تھا۔ وہ کھیت میں گھس جاتا تو کسی جنگلی بھینسے یا سور کی طرح مرلہ مرلہ جگہ صاف کر دیتا۔ مولیاں، گاجریں، شلجم، خربوزے جو کچھ بھی ہوتا وہ فصل اجاڑ کر رکھ دیتا۔ گنے کا پھوگ دیکھ کر لگتا جیسے بہت سا کماد بیلنے میں پیلا ہو گیا ہو۔ یہی نہیں وہ چراگاہوں میں چرتی بھینسوں، گایوں

اور بکریوں کا دودھ پی جاتا۔ کئی بار اس کی پکڑ دھکڑ ہوئی اور اسے مارا پیٹا گیا مگر وہ کبھی باز نہ آیا۔

لوگ اس سے ڈرتے بھی تھے اور اکیلا دکیلا آدمی اس سے الجھنے سے گریز کرتا تھا۔ اس سے دشمنی سہیڑنا بھی خطرے سے خالی نہ تھا۔ اس کا کیا بھروسہ کب کیا اٹھا کر لے جائے، یا سر پر دے مارے۔

عالمے اپنی جوان بیٹی کے ہمراہ جب صبح کو گھر گھر مانگنے جاتی تو اسے بھیک کی بجائے گالیاں اور شکایتیں ملتیں۔ وہ بیبیوں کو دعائیں دیتی، ان کی ہاں میں ہاں ملاتی اور اوپرے دل سے ناتو کو بددعائیں دیتی جاتی۔

ایک بار میں گاؤں گیا تو پتہ چلا، ناتو شہر چلا گیا ہے۔ وہ شیر و کو اکثر دھمکیاں دیا کرتا تھا کہ میرا بیاہ کر دو ورنہ میں کسی عورت کو خود اٹھا لاؤں گا یا پھر شہر چلا جاؤں گا۔ جہاں کوکے کولے پیوں گا، پھل فروٹ کھاؤں گا اور جہاں مجھے کوئی نہ کوئی عورت بھی مل جائے گی۔

ناتو کے چلے جانے سے گاؤں والے خوش تھے مگر وہ جاتے جاتے جن بھوتوں کی طرح ہاتھ دکھا کر گیا تھا۔ پتہ نہیں یہ واقعہ پیش نہ آتا تو ابھی وہ شہر نہ جاتا۔

پنچایت کے سامنے شیر و اور عالمے کے بیانات سے پتہ چلا تھا کہ اس روز بڑی سردی تھی۔ ٹھنڈی برفانی ہوائیں چل رہی تھیں اور بوندا باندی ہو رہی تھی۔

اس روز شیر و نے دارو کے نئے مٹکے کا ڈھکنا پہلی مرتبہ کھولا تھا اور دارو کی بو تالاب کے دوسرے کنارے تک پھیل گئی تھی۔ شیر و نمبردار کی مری ہوئی بھینس کا پانچ سات سیر گوشت کاٹ لایا تھا اور اسے انگاروں پر بھون رہا تھا۔

ناتو سارے گاؤں میں باؤلے کتے کی طرح ماس ڈھونڈتا پھرتا تھا۔ بھیڑ، بکریوں اور دوسرے جانوروں کا تازہ گوشت کھا کھا کر اب ناتو کو مردار اچھا نہیں لگتا تھا۔ گاؤں کی گلیوں میں بچھڑے کے تازہ اور کچے گوشت کی بو پھیلی ہوئی تھی۔ رحمو موچی کے گھر سے لوگ سیر دو سیر گوشت خرید کر نکلتے تو ناتو کا جی چاہتا وہ جھپٹ لے اور بھاگ جائے۔ اس نے رحمو موچی کے گھر میں بد نیتی سے جھانک کر دیکھا تھا وہاں بہت سے آدمی اور گوشت کاٹنے کے اوزار تھے۔ وہ کچھ دیر سوچتا رہا حملہ کرے نہ کرے، پھر وہاں سے پلٹ آیا۔

وہ عالمے کے سانپ ڈسوانے کے دن تھے مگر پتہ نہیں دنیا بھر کے سانپ کن بلوں میں جا چھپے تھے۔ اس کا جسم پھوڑے کی طرح پک رہا تھا اور اسے یوں لگتا تھا جیسے ابھی اس کے جسم سے زہر کے پرنالے بہنے لگیں گے۔

اگر اس کے ڈسوانے کے دن نہ ہوتے تو عالمے ناتو پر مادو کا راز کبھی نہ کھلنے دیتی۔ مگر اب وہ مادو کو گھسیٹ کر اپنے ساتھ لے جانا چاہتا تھا۔۔۔ پتہ نہیں وہ اس کے ساتھ کیا سلوک کرے، اسے کہاں بیچ دے اور اس کے بدلے میں اپنا بیاہ رچا لے۔۔۔ عالمے نے اسے روکنے کی کوشش کی تھی مگر ایک ہی دھکا کھا کر اٹھنے کے قابل نہ رہی تھی۔

ناتو کے بگڑے ہوئے تیور دیکھ کر شیر و سے نہ رہا گیا وہ تلخی سے ہنس کر بولا،

"اسے چھوڑ دے ناتو۔۔۔ یہ عورت نہیں ہے۔"

"عورت نہیں ہے؟" ناتو کو جیسے سانپ نے ڈس لیا۔

"ہاں پتر۔۔۔ یہ رب کی قدرت ہے۔۔۔ یہ عورت ہے نہ مرد، یہ تو کچھ بھی

نہیں ہے۔"

پھر اس نے آگ پر گوشت کے بڑے بڑے ٹکڑے بھونتے ہوئے آسمان کی طرف دیکھا اور ٹھنڈی آہ بھر کر بولا،

"جب رب اسے بنانے لگا، مٹی کم پڑ گئی۔۔۔ رب کو اور بہت سے کام ہوتے ہیں، اس نے اور بہت کچھ بنانا ہوتا ہے۔" ناتو نے غصے سے رب کی طرف دیکھا مگر رب نے اسے کوئی جواب نہ دیا۔

اس نے شیرو کی طرف دیکھا۔ وہ ادھ بھنا گوشت ہڑپ کئے جارہا تھا۔

اس نے غصے سے کہا، "میں سب کو دیکھ لوں گا۔"

اس نے ٹوٹے ہوئے دروازے کو زور سے ٹھوکر مار کر گرادیا اور باہر نکل گیا۔

اگلے روز چودھریوں نے ڈنگر ڈاکٹر کو بلوایا اور کہیں شام کو جا کر پتہ چلا کہ زندہ گائے کی داہنی ران کو چیر کر سیر دو سیر گوشت نکالا گیا اور کھال میں بھس بھر کر اسے تندی سے سی دیا گیا ہے۔ لوگ ناتو کی تلاش میں نکلے مگر وہ کوکے کولے پینے اور پھل فروٹ کھانے شہر چلا گیا تھا۔

میں نے آپ کو بتایا تھا کہ شہر میں کچھ عرصے سے چوری کی انوکھی وارداتیں ہو رہی ہیں چوروں کی ایک ٹولی بنگلوں میں گھس کر کھانے پینے کی ہر چیز چٹ کر جاتی ہے۔

پولیس کا خیال ہے کہ اس ٹولی میں کم از کم چھ سات آدمی ہیں لیکن میرا دل کہتا ہے کہ ایک ہی آدمی ہے جو کئی صدیوں سے بھوکا ہے۔

***

۷

الہام

دوپہر کے کھانے میں جب اتنا کم وقت رہ گیا کہ گاؤں سے کوئی سندیسہ شہر نہ پہنچ سکے تو چودھری رمضان نے اپنے گھر کے کشادہ صحن میں کھڑے ہو کر منادی کرنے کے سے انداز میں اطلاع دی۔

"فوجی آرہے ہیں۔"

"کب؟"

"آج۔"

"آج؟"

"ہاں دوپہر کو۔۔۔ کھانے کی تیاری کرو۔"

راجاں سمجھ تو گئی کہ چودھری نے پہلے کیوں نہیں بتایا مگر ایسے خاص مہمانوں کا کھانا پکانے کے لئے اب وقت ہی کتنا رہ گیا تھا۔ بولی،

"اطلاع کب آئی؟"

"کل شام کو۔"

"مجھے تو بتا دیتے۔" راجاں نے شکایت آمیز لہجے میں کہا، "کیا مجھ پر بھی اعتبار

نہیں رہا۔"

"میں نے سوچا۔" چودھری بولا، "اس بار شک وشبے کی گنجائش نہ رہے۔"

"کتنے لوگ ہیں۔۔۔ کیا کچھ پکانا ہوگا؟"

"پانچ وہ، دو تین ڈرائیور۔۔۔ وہی سب کچھ پکالو۔۔۔ جو پکایا کرتی ہو۔"

"میں نے مشینیں نہیں لگا رکھیں۔"

"وہ بھی لگ جائیں گی بھاگوان۔" چودھری مسکرایا "فکر کیوں کرتی ہو۔ یہ کمی کاری کس لئے ہیں۔"

"آج دن کیا ہے؟" راجاں کو سعد اور نحس دنوں اور گھڑیوں کا بہت خیال رہتا تھا۔

"بدھ" چودھری نے داد طلب انداز میں جواب دیا" کم سدھ"

"انشاء اللہ۔" راجاں نے زیرِ لب کہا،

"یوں تو فکر کی کوئی بات نہیں چودھری بولا، لیکن پھر بھی اس پر نظر رکھنا۔ کیا کرتی ہے۔"

"اس بے چاری نے کیا کرنا ہوتا ہے۔" راجاں بولی، "اسی اونترے کو الہام ہو جاتا ہے اور عین موقعے پر پہنچ کر رنگ میں بھنگ ڈال دیتا ہے۔"

"دیکھتے ہیں" چودھری کسی انجانی خوشی کا لطف لیتے ہوئے بولا، "اس بار اسے کیسے الہام ہوتا ہے۔"

"مجھے تو یقین ہے وہ ہمیشہ کی طرح آج بھی اچانک آٹپکے گا اور مہمان بددل ہو کر چلے جائیں گے۔"

"یہ فوجی لوگ ہیں۔" چودھری نے تسلی دی "ایک بار آ جائیں تو اتنی آسانی سے نہیں جاتے۔"

"کبھی کبھی میں سوچتی ہوں۔ کیا حرج ہے۔ جب وہ دونوں ایک دوسرے کو پسند کرتے ہیں تو ہم یہ کڑوا گھونٹ پی کیوں نہیں لیتے۔"

چودھری نے غصے سے راجاں کی طرف دیکھا اور بولا،

"تم چاہتی ہو۔۔۔ سب کچھ اسے دان کر دیں۔ اپنی بیٹی، خاندان کا نام اور زمین جائیداد؟"

"کیا حرج ہے۔ ہم نے اسے بیٹا بنایا ہے۔"

"ہم نے اسے لاوارث سمجھ کر پناہ دی، پالا پوسا اور پاؤں پر کھڑا کر دیا۔ کیا یہ کم ہے۔"

"دل تو میرا بھی نہیں مانتا پتہ نہیں کیسے ماں باپ کی اولاد ہے اور دنیا کیا کہے گی مگر۔"

"اگر مگر چھوڑو۔۔۔ وقت کم ہے۔ کھانے کی تیاری کرو۔"

تھوڑی دیر بعد حویلی کے صحن سے دھوئیں کے بادل اٹھنے لگے۔ چولھوں پر کڑھائیاں اور دیگچے چڑھ گئے۔ مرغ روسٹ ہونے لگے، کباب تلے جانے لگے اور ہر طرف زردے، بریانی اور قورمے کی خوشبوئیں اٹھنے لگیں اور سورج ڈھلتے ڈھلتے کمی کاریوں کے شور، برتنوں کے کھڑکنے اور نگرانی کرتی راجاں کے بول بلارے میں کاروں جیپوں کی گھوکر شامل ہو گئی۔ چودھری رمضان ٹھنڈی بوتلوں کے ساتھ نلکیاں بھجوانے کی تاکید کر کے ڈیرے کی طرف دوڑا۔ اس کے پہنچتے پہنچتے

چھاؤنی آ لگی تھی۔

لڑکے کا والد راجہ جہان خان روایتی لباس میں اور چچا میجر سلطان خان وردی میں تھے۔ خود لفٹین صاحب بھی وردی میں تھے اور نظر نہ ٹھہرتی تھی۔ اسے پتہ تھا چچا بھتیجے کو ڈیوٹی پر پہنچنا ہے۔ ایک تو بڑے زمیندار پھر فوجی۔ اوپر سے مارشل لاء کا زمانہ۔ چودھری فخر سے پھولے نہ سماتا تھا۔ باری باری سب سے گلے ملا۔ پھر اس کی نظر کار کی پچھلی سیٹوں پر بیٹھی دو ادھیڑ عمر کی گوری چٹی خواتین پر پڑی۔ فوراً پہچان گیا۔ ان میں ایک لڑکے کی والدہ اور دوسری پھوپھی تھی۔ ملازمین کو مہمانوں کی خاطر تواضع کا اشارہ کر کے چودھری کار کے قریب آیا اور سلام دعا کے بعد مہمان خواتین کو گھر پہچانے اور تعارف کرانے کے لئے ڈرائیور کے ساتھ اگلی سیٹ پر بیٹھ گیا۔

گھر سے واپس ڈیرے پر آنے سے پہلے اس نے راجاں کو ایک طرف لے جا کر پوچھا "نازو کہاں ہے ؟۔"

"ادھر ہی ہے گھر میں۔ اوپر اپنے کمرے میں گئی ہے۔ ابھی بلاتی ہوں۔"

"اسے نہیں بلاؤ۔ خود جا کر دیکھو۔ کیا کر رہی ہے۔"

"کپڑے بدل رہی ہو گی اور کیا کرے گی ؟۔"

کوئی عمل ؟ کوئی ٹونا؟"

"عمل ٹونا تو خیر کیا کرے گی۔ مگر مجھے لگتا ہے ساری خرابی اس پڑھائی لکھائی کی وجہ سے ہے۔"

"مہمانوں کے سوا اسے کسی سے ملنے نہ دینا۔"

"اچھا۔"

ظہر کے وقت جب سب لوگ کھانے کے کمرے میں بڑی میز کے گرد جمع ہو گئے تو راجہ صاحب نے ادھر ادھر نظریں دوڑاتے ہوئے چودھری رمضان سے پوچھا،

"بھئی بیٹی کہاں ہے؟۔"

"جی وہ اوپر والے کمرے میں ہے وہیں کھالے گی۔" راجاں نے کہا،

"بھابی ہم صرف کھانا کھانے نہیں آئے۔ بیٹی سے ملنے آئے ہیں۔ بلاؤ اسے۔"

راجاں نے پریشان ہو کر چودھری کی طرف دیکھا۔ وہ کان کھجانے میں مصروف تھا۔ بولی،

"بہت شرماتی ہے۔"

"آپ بسم اللہ کریں راجہ صاحب۔" چودھری بولا "میں آپ سے ملا دوں گا۔ "

"اور میجر صاحب اور عثمان خان؟"

"میجر صاحب سے بھی ملا دیں گے۔"

"لیکن چودھری صاحب۔۔۔ اصل معاملہ تو لڑکی لڑکے کی ملاقات کا ہے۔" راجہ صاحب نے لفظ ملاقات پر زور دے کر کہا،

"میں معافی چاہتا ہوں راجہ صاحب۔" چودھری بولا، "ہمارے ہاں اسے اچھا نہیں سمجھا جاتا۔"

"عجیب رواج ہے۔" راجہ صاحب سٹپٹا گئے "یعنی لڑکی لڑکا جنہوں نے ایک

ساتھ زندگی گزارنی ہے سب سے مل سکتے ہیں مگر ایک دوسرے کو دیکھ اور مل نہیں سکتے۔"

"زمانہ بدل گیا ہے بھائی صاحب۔" بیگم راجہ بولیں، "اب وہ پرانے رسم و رواج نہیں رہے۔"

"بھابی یہاں گاؤں میں زمانہ نہیں بدلا۔" چودھری بولا، "لوگ سنیں گے تو باتیں بنائیں گے۔"

"زمانہ تو یہاں بھی بدل گیا ہے۔" میجر صاحب بولے، "مگر سمجھنے کی ضرورت ہے۔"

"یہ میز کرسیاں، پلیٹیں، بجلی، پنکھا اور فریج۔" عثمان خاں کی پھوپھی بولیں، "یہ سب پہلے کہاں تھے گاؤں میں۔"

"یہ روشنی کا زمانہ ہے۔" کرنل صاحب نے کہا۔ نئی نئی چیزیں ایجاد ہو گئی ہیں۔ جن سے فاصلے سمٹ گئے اور رسم و رواج بدل گئے ہیں۔ اب شادی سے پہلے لڑکے لڑکی کا ایک دوسرے کو دیکھنا اور پسند کرنا ضروری سمجھا جاتا ہے۔"

"ہاں ذہنوں میں بیداری پیدا ہو گئی ہے۔ اب شادی بیاہ کے معاملے میں زبردستی ممکن نہیں۔" میجر صاحب نے لقمہ دیا، "چند برسوں میں بڑی تبدیلی آگئی ہے۔"

راجاں اور چودھری نے بے بسی سے ایک دوسرے کی طرف دیکھا۔ پھر چودھری مری ہوئی آواز میں راجاں سے مخاطب ہوا

"جاؤ۔۔۔اسے لے آؤ۔"

راجاں چلی گئی تو چودھری نے کہا،

"آپ کھانا شروع کریں راجہ صاحب۔ ٹھنڈا ہو رہا ہے۔ نازو ابھی آ جائے گی۔
"

"ہم تو اپنی بیٹی کے ساتھ کھائیں گے۔" راجہ صاحب نے اپنائیت سے کہا۔

تھوڑی دیر بعد جب گلابی سوٹ میں ملبوس جھینپی جھینپی سی نازو ماں کے ساتھ کمرے میں داخل ہوئی اور سلام کیا تو تینوں مہمان مردوں نے کھڑے ہو کر اس کا استقبال کیا۔ خواتین سے وہ کچھ دیر پہلے مل چکی تھی انہوں نے دعا دی اور اپنے پاس بٹھا لیا۔ وہ مہمان عورتوں کے درمیان سہم سکڑ کر بیٹھ گئی تو راجہ صاحب راجاں کی طرف دیکھ کر بولے۔

"بھابی آپ کو غلطی تو نہیں لگ گئی۔"

"کیا بھائی صاحب۔" راجاں پریشان ہو گئی۔ راجہ صاحب نے خوشدلی سے کہا،

"بیٹی کی بجائے گلاب کا پھول لے آئیں۔"

سب ہنسنے لگے۔ چودھری اور راجاں کی خوشی سے باچھیں کھل گئیں۔

کچھ دیر ایسی ہی خوشگوار باتوں کے بعد کھانا شروع ہوا۔ کھانا اتنا اچھا اور لذید تھا۔ سب نے باری باری اس کی تعریف کی۔ مگر لیفٹین صاحب کو کھانے کا کہاں ہوش تھا۔ وہ نازو کے بے پناہ حسن میں گم ہو گئے تھے۔ اچانک پانچ ہارس پاور کی موٹر سائیکل کی آواز نے چودھری اور راجاں کو یوں دہلا دیا۔۔۔ جیسے خان کھیوے کے گھر کے پچھواڑے مرزا جٹ کی بکی آ ہنہنائی ہو۔ (سم بکی دے کھڑکدے، جیوں آہرن پین ودان)

مہمان یوں چونکے جیسے محاذ جنگ سے دشمن کے حملے کی اطلاع آئی ہو۔ مگر ہونے والی سسرال کی عورتوں کے درمیان سکڑی سمٹی، گن گن کر نوالے لیتی اور لفٹیننٹ عثمان خان کی تحسین آمیز اور بیباک نظروں سے سہمی ہوئی نازو اس پھڑپھڑاہٹ سے جیسے سوتے سے جاگ اٹھی۔ نہیں مرتے سے زندہ ہو گئی۔ اس کی آنکھوں میں ایک عجیب طرح کی چمک اور چہرے پر اعتماد کی روشنی پھیل گئی۔ اس تبدیلی کو محسوس کر کے فوجی لوگ چونکے جیسے خطرے کا بگل بجنے لگا ہو اور اس سے پہلے کہ چودھری یا چودھرانی کمرے سے باہر جا کر خطرے کو وہیں روک دیتے، وہ موٹر سائیکل ہی کی رفتار سے اندر داخل ہو گیا۔

چودھری اور راجاں نے پریشان ہو کر پہلے ایک دوسرے کی، پھر اس کی طرف دیکھا۔

اس کے بال ضرور بکھرے ہوئے تھے مگر اس کے لباس اور چہرے سے اندازہ نہ ہوتا تھا کہ وہ سوڈیڑھ سو کلومیٹر کا سفر طے کر کے آرہا ہے۔

(سے کوہاں دا فاصلہ، بکی دتی دھوڑ دھما)

"اسلام علیکم"

"وعلیکم سلام" مہمان آوازیں منمنائیں

"امی۔۔۔ میں زیادہ لیٹ تو نہیں؟" وہ بے تکلفی سے ایک کرسی کھینچ کر بیٹھ گیا۔

"نہیں۔۔۔۔" راجاں نے ڈوبی ڈوبی آواز میں جواب دیا۔

"یہ غلام رسول ہے۔" چودھری نے ندامت اور معذرت کے ملے جلے لہجے

میں کہا" ہمارا بیٹا۔"

"آپ کا بیٹا؟۔" راجہ صاحب نے حیرت سے پوچھا" آپ نے تو بتایا تھا آپ کی ایک ہی اولاد ہے۔"

"منہ بولا" راجاں چودھری کی کمک کو آئی" بیٹوں کی طرح پالا ہے۔"

"جی ہاں انکل" غلام رسول نے پلیٹ میں بریانی لیتے ہوئے کہا، "انہوں نے مجھ یتیم اور لاوارث کو پالا پوسا اور پڑھایا لکھایا اور میں بھی انہیں سگے ماں باپ ہی سمجھتا ہوں۔"

"کیا کرتے ہو؟" میجر صاحب نے انٹرویو لینے کے انداز میں پوچھا۔

"الیکٹرانکس میں ڈپلوما کیا ہوا ہے۔ ایک موبائل فون کمپنی میں کام کرتا اور کرائے کے مکان میں رہتا ہوں۔ چھٹی والے دن ملنے آجاتا ہوں۔ آج آپ لوگوں کی وجہ سے آنا پڑا۔"

"لیکن چودھری صاحب نے تمہارے بارے میں کچھ نہیں بتایا تھا۔" کرنل صاحب کے لہجے میں شکایت تھی۔

"بتایا تو مجھے بھی نہیں۔" غلام رسول ہنسنے لگا" ابا کو بھولنے کی عادت ہے۔"

"تو پھر تمہیں کیسے پتہ چل گیا؟، میجر صاحب نے کرید کی۔

"گھر میں میری جب بھی ضرورت ہو مجھے اطلاع مل جاتی ہے۔" غلام رسول نوالہ حلق سے اتارتے ہوئے بولا" امی کہتی ہیں مجھے کشف یا الہام ہو جاتا ہے۔۔۔ ہے نا امی۔" وہ ہنسنے لگا

مہمانوں نے آنکھوں ہی آنکھوں میں ایک دوسرے کو خطرے سے آگاہ کیا

اور محفل کا رنگ تبدیل ہو گیا

"شادی ہو گئی تمہاری؟" بیگم راجہ نے تنکے کا سہارا تلاش کرنا چاہا۔

"شادی کے لئے نہیں مانتا۔" راجاں نے آخری پتہ پھینکا، "کہتا ہے پہلے بہن کی رخصتی ہو جائے۔"

راجاں نے یہ کہہ کر داد طلب نظروں سے چودھری کی طرف دیکھا مگر وہ شاید پیشانیوں کے بل گننے میں مصروف تھا۔

"آپ کی اتنی زمین ہے۔" میجر صاحب چودھری سے مخاطب ہوئے "اور آپ کا منہ بولا بیٹا آپ کا ہاتھ بٹانے کی بجائے شہر میں معمولی ملازمت کرتا ہے۔"

"ہم نے تو بہت کہا۔" چودھری بولا، "مگر اسے گاؤں کی بجائے شہر میں رہنا بسنا پسند ہے۔"

کھانے کا ذائقہ تو غلام رسول کی آمد سے ہی تبدیل ہو گیا تھا۔ اب مہمانوں کی بے چینی میں بھی ہر لمحے اضافہ ہونے لگا۔ نازو اور غلام رسول کی نظروں کے باہمی سگنلز کسی سے پوشیدہ نہیں تھے۔۔۔۔ نہ ہی انہیں پوشیدہ رکھنے کی کوشش کی جارہی تھی۔

کھانے کا فطری دورانیہ مختصر ہو گیا۔ مگر اس سے پہلے کہ مہمان کھانے کی میز سے اٹھ کر سیدھے کاروں جیپوں میں بیٹھ جانے کا بہانہ سوچتے۔ وائرلیس پر راجہ صاحب کے لئے پیغام آگیا اور ان کا اٹھنا اور جانا آسان ہو گیا۔

رخصت ہوتے وقت راجہ صاحب نے چودھری رمضان کو اپنے قریب بلایا اور موبائل فون دکھاتے ہوئے آہستہ سے بولے۔

"یہ کشف یا الہام نہیں چودھری، نئی نئی چیزیں ایجاد ہو گئی ہیں۔ زمانہ بدل گیا ہے چودھری۔۔۔ ہمیں بھی وقت کے ساتھ تبدیل ہو جانا چاہئے۔ خدا حافظ۔"

***

۸

باگھ بگھیلی رات

مولوی صاحب پڑھے لکھے اور عقلمند آدمی تھے۔ نہایت ہوشیاری سے اس مشکل سے نکل گئے۔ انہوں نے کہا، "میں نے حلال ضرور کی تھی مگر مجھے نہیں معلوم کس کی تھی۔ سجاول موچی مجھے بلا کر لے گیا تھا، اسی نے کھال بھی اتاری تھی اسے ہی پتہ ہو گا۔"

حکم ہوا، "سجاول موچی کو حاضر کیا جائے۔"

سجاول موچی کے پاؤں تلے سے زمین نکل گئی۔ ان کمی کمینوں کے پاؤں تلے زمین ہی کتنی ہوتی ہے۔

پورب والوں نے دھمکی دی، "ٹھیک ٹھیک بات کرنا ورنہ پلٹ کر گاؤں کا رخ نہ کرنا۔"

پچھم والوں نے پیغام بھیج دینا کافی سمجھا۔ "زیادہ بقراط سقراط بننے کی کوشش نہ کرنا ورنہ نتیجہ کے تم خود ذمہ دار ہو گے۔"

سجاول کی سمجھ میں نہ آیا کیا کرے کیا نہ کرے۔ اس نے تاوان کے طور پر اپنی گرہ سے پوری رقم ادا کر دینا چاہی، مگر استغاثہ نے کہا، "ہمیں پیسوں کی ضرورت

نہیں۔ یہ شریکے کا معاملہ ہے ہم انہیں اندر کروا کر دم لیں گے۔" اسے بار بار ایک ہی راستہ سجھائی دیتا۔ گھر کے سامان اور لوگوں کو ساتھ لے کر راتوں رات کہیں ہجرت کر جائے مگر اس طرح اس کے مفرور قرار دیئے جانے کا ڈر تھا۔

میں نے اس کی ہمت بندھائی، "کتاب میں لکھا ہے۔ سانچ کو آنچ نہیں۔"

اس نے کہا، "تمہارا علم میرے کام نہیں آسکتا کاکا۔ وہ کتابی باتوں پر عمل نہیں کرنے دیں گے نہ انہوں نے کتابیں پڑھی ہیں۔"

وہ بولی، "ابا۔۔۔ اگر تم نے جھوٹی گواہی دی تو تم خدا کو اور میں اپنی سہیلیوں کو کیا منہ دکھاؤں گی۔"

کہنے لگا، "تو نہیں جانتی بیٹی خدا تو پھر معاف کر دیتا ہے مگر یہ ظالم لوگ کبھی معاف نہیں کریں گے۔ مجھ سے صاف سیدھا سچ نہ بلواؤ، درمیان کا کوئی تیسرا راستہ بتاؤ۔"

ہم تینوں سر جوڑ کر بیٹھے مگر ہمیں درمیان کا کوئی تیسرا راستہ سجھائی نہ دیا۔ اسی بحث و تکرار اور شش و پنج میں بہت سے دن گزر گئے اور تاریخ کا دن آگیا۔

وہ متذبذب سا کسی تیسرے راستے کے بارے میں سوچتا ہوا چلا گیا۔ مگر جب وہ بیان دینے لگا تو اس کے منہ سے وہی کچھ نکلا جو اس نے دیکھا سنا تھا۔

وہ خود بھی حیران تھا کہ کب اور کیسے اس نے سچ کے زہر کا پیالہ منہ سے لگالیا۔ باہر آکر اس نے ان سے معافی مانگنا چاہی مگر انہوں نے بھیڑیوں جیسے منہ پھاڑ کر کہا، "تمہارے اپنے گھر میں بھی بھیڑ ہے۔ اب دیکھتے ہیں تم اسے کیسے بچاتے ہو۔"

وہ سر سے پاؤں تک کانپ گیا۔ اس نے سوچا تھا بہت ہوا تو سیپ بند کر دیں گے

یا زیادہ سے زیادہ گاؤں سے نکال دیں گے مگر اس نے یہ کچھ نہیں سوچا تھا۔ یوں یہ کوئی ایسی انہونی یا بعید از قیاس بات بھی نہیں تھی۔ وہ اپنے برابر کے شریکوں کی بھیڑ دن دیہاڑے ذبح کر کے ہڑپ کر سکتے تھے۔ وہ تو ایک غریب کمی تھا جس کا کوئی جوان بیٹا نہ بھائی۔ اس کی سمجھ میں ایک ہی بات آئی کہ بھاگم بھاگ کسی طرح ان سے پہلے گاؤں پہنچ جائے۔

اگلے روز گاؤں میں صبح تو ہوئی مگر ہر طرف گہری خاموشی تھی۔ لگتا تھا چڑیاں آج گھونسلوں سے باہر نہیں آئیں۔ فاختائیں گھگھو گھوہ الاپنا، بطخیں جوہڑوں میں تیرنا اور کوے منڈیروں پر بیٹھ کر بچھڑے ہوؤں کے سندیسے دینا بھول گئے۔ گلیوں میں اداسی کی دھول اڑنے لگی، درخت سرگوشیاں کرتے، آہیں بھرتے اور گلیوں کے آر پار کی کچی پکی دیواریں ایک دوسرے کے گلے سے لگ کر بین کرنا چاہتیں۔

ہنس کر بات کرنا اس کی عادت تھی اور اس نے جس کسی سے بھی بات کی تھی وہ سر میں خاک ڈالے گریبان پھاڑے گلیوں میں ٹھوکریں کھاتا پھرتا تھا۔ تنوروں نے اس روز ادھ جلی روٹیوں کو جنم دیا۔ پنگھٹ کے کنوئیں کی چرخی سے رونے کی سی آواز نکلی اور بوکا اتنا وزنی ہو گیا کہ نکالنا مشکل ہو گیا۔ لگتا تھا پنج پھولاں رانی کے بدن کی روشنی سے محروم ہو کر پوری بستی ویران اور تاریک ہو گئی ہے۔

اس کے گھر والوں کا کہنا تھا کہ ننھیال سے اس کا ماموں آیا اور راتوں رات اسے ساتھ لے گیا کیونکہ ممانی سخت بیمار تھی مگر کسی کو اس بات پر یقین نہ آیا۔ سب جانتے تھے کہ وہ اپنے ماموں زاد سے بیاہ کرنے سے انکار کر چکی تھی اور اس کے ننھیال والے ایک عرصہ سے خفا تھے مگر کسی کو اس بات کی بھی سمجھ نہیں آتی تھی

کہ وہ گئی کس کے ساتھ تھی۔ وہ جس جس کے ساتھ بھاگ سکتی تھی، وہ سب تو ٹھنڈی آہیں بھرتے، گلیوں کی خاک چھانتے پھرتے تھے۔ اس کی ہمجولیوں میں سے صرف شیدو مہترانی کو جو گھروں میں صفائی کا کام کرنے جاتی تھی معلوم تھا کہ اس کی جون بدل گئی تھی اور کھیتوں کھلیانوں میں ہرنی کی طرح قلانچیں بھرنے، پیڑوں پر پیں گیں جھولنے اور تتلی کی طرح ہوا کے دوش پر اڑتی پھرنے والی چنچل لڑکی راتوں رات ایک مریل سی بھیڑ میں تبدیل ہو گئی تھی اور خونخوار بھیڑیوں کے خوف سے ایک بڑی حویلی کے چھوٹے سے تاریک کونے میں دبکی ہوئی تھی۔

میں جگہ جگہ گھومتا اور اس کے لئے افواہیں اور خبریں جمع کرتا۔ اس کی خاطر قتل کرنے اور پھانسی چڑھ جانے والوں کی ڈیں گیں سنتا۔ گاؤں کے لوگوں کی باتیں اور گھبروؤں کی شکلیں دیکھ کر مجھے ہنسی آتی اور یہ سوچ کر میرا سینہ فخر سے تن جاتا کہ جس روشنی کے اوجھل ہونے کی وجہ سے سارا گاؤں تاریکی میں ڈوب گیا تھا وہ دن رات ہمارے گھر کے پسار اور کوٹھڑی میں جگمگاتی اور نور برساتی تھی۔ خوشی کے مارے میرے اندر میرا اہم عمر کان پر ہاتھ رکھ کر بلند آواز میں ڈھولے گاتا۔

"چھتی بمبی اے ٹاہلی۔ ہیٹھ اے بھیڈاں دا واڑا
بھیڈاں نیں ڈب کھڑبیاں۔۔۔"

مگر پھر یہ سوچ کر کہ خونخوار بھیڑیئے اس کی بو سونگھتے ہوئے اس تک پہنچ گئے تو کیا ہو گا۔ میں پریشان ہو جاتا اور اندر ہی اندر غصے کی سل پر انتقام کی چھریاں رگڑنے لگتا۔ ایک ساتھ بہت سے گھوڑوں پر سوار ہو کر باگھ بگھیوں کے گرد گھیرا ڈال لیتا۔

وہ مجھ سے گلیوں، چوپالوں اور تھڑوں پر ہونے والی باتیں سنتی۔ بادشاہوں اور خوبصورت رانیوں کی کہانیاں سنتی سناتی اور بھیڑیوں کے تیز دانتوں اور نوکیلے پنجوں کے خوف کو ایک طرف رکھ کر ہنسی مذاق کی باتیں کرتی۔ اس کے ہنسنے کا منظر عجیب ہوتا۔ میری آنکھیں چندھیا سی جاتیں۔ میرے اندر سے دگنی عمر کا مرد نکل کر اس کے قدموں میں بیٹھ جاتا اور کہتا،

"اذن دو۔ میں ساری دنیا کے بھیڑیوں کے پیٹ پھاڑ آؤں۔"

وہ میرا ہاتھ پکڑ کر اپنے پاس بٹھا لیتی اور مدھم سریلی آواز میں عبدالستار کی یوسف زلیخا گنگنانے لگتی۔

"ہے میں ایسے مارمکائیاں دیسوں دور کرائیاں۔"

پھر ایک ایک کر کے میری سکول کی کتابیں اور گھر میں موجود پنجابی سی حرفیاں اور بارہ ماہے ختم ہو گئے مگر چاروں طرف پھیلی ہوئی خوف کی سیاہ رات ختم نہ ہوئی۔

وہ سارا دن اندر چھپی رہتی رات کے وقت تھوڑی دیر کے لئے باہر آتی۔ اس نے چھابے اور چنگیریں بنا بنا کر گھر کی ساری پڑچھتیاں بھر دیں۔ بستر کی چادروں تکیوں کے غلافوں پر پھول کاڑھ کاڑھ کر اس نے پورے گھر کو گلزار بنا دیا۔ اس کے گھر والے چوروں کی طرح چھپ کر رات کی تاریکی میں اسے ملنے آتے اور تسلی دے جاتے۔ وہ مجھ سے کہتی، "اگر تم نہ ہوتے تو میں گھٹ کر مر جاتی۔ تم سے باتیں کر کے میرا دل بہلا رہتا ہے۔"

وہ اپنے ابا کے سچ بولنے پر خوشی کا اظہار کرتی اور فخر سے کہتی، "ابا نے میرا مان رکھ لیا ہے۔ اندھیرا تو چھٹ جائے گا مگر کالک کبھی نہ اترتی۔"

وہ مجھے یقین دلاتی کہ وہ اداس اور پریشان نہیں ہے مگر میں اسے قید جیسی زندگی گزارتے دیکھ کر اداس ہو جاتا۔ دل ہی دل میں غصے سے کھولتا اور طرح طرح کے خطرناک منصوبے بناتا رہتا۔

پھر اس نے مجھ سے خط لکھوانا شروع کر دیئے۔

وہ بولتی جاتی اور میں لکھتا جاتا۔ گرمیوں کی سخر دوپہروں میں اور بعض اوقات رات کو لالٹین کی روشنی میں ہم پہروں اکٹھے بیٹھ کر اس کے نام چٹھیاں لکھتے۔ یہ بڑی انوکھی، دلچسپ اور خوبصورت باتیں ہوتیں جو میں نے کہیں پڑھی سنی نہیں تھیں۔ اس کی بے وفائیوں، بے خبریوں اور سنگدلیوں کی شکایتیں اور شکوے ہوتے اس کے فراق میں اپلوں کی طرح سلگنے، پانی کے بغیر مچھلی کی طرح تڑپنے اور صابن کی گاچی کی طرح کھرنے کا ذکر ہوتا۔ وہ اسے بار بار تاکید کرتی کہ وہ جلد از جلد آئے اور اسے بھیڑیوں کے خوف اور قید کی سی زندگی سے رہائی دلائے۔ لکھ لکھ کر میرے ہاتھ تھک جاتے مگر اس کی باتیں ختم نہ ہوتیں۔ میں جب تک لکھتا رہتا وہ سامنے بیٹھ کر پنکھا کرتی رہتی۔ پھر خط کو تہ کر کے اپنے پاس رکھ لیتی اور اگلے روز شیدو کے آنے اور خط لے جانے کا انتظار کرنے لگتی۔

کبھی کبھی مجھے اس پر، جسے میں نے اس وقت تک دیکھا ہوا نہیں تھا، غصہ آتا۔ آخر وہ اس کے کسی خط کا جواب کیوں نہیں بھیجتا تھا مگر پھر سوچتا کیا پتہ جواب آتا ہو، مگر وہ مجھے بتاتی نہ ہو اسے پڑھنا تو آتا ہی تھا اور اس میں کوئی شک نہیں تھا کہ وہ مجھ سے اس کا نام اور پتہ اور اس کے بارے میں بہت سی دوسری باتیں چھپاتی تھی۔ شاید اسے ایسا ہی کرنا چاہیے تھا یا شاید اسے ایسا نہیں کرنا چاہیے تھا۔ میری سمجھ میں کچھ نہ آتا۔

اس کے گھر والوں کا ہمیشہ سے اصرار تھا کہ گھر کی بات ہے۔ قرض لئے بغیر فرض ادا ہو جائے گا۔ اسے اس کے ننھیال میں بیاہا جائے مگر اسے اپنے ماموں زاد سے چڑ تھی۔ کہا کرتی، "ہے تو وہ میرے ماموں کا بیٹا مگر خدا معاف کرے شکل سے بالکل بھیڈ کٹ لگتا ہے۔"

میرے گھر والوں نے اس کے ابا کی چھٹی پرانی پگڑی پاؤں سے اٹھا کر اسے لوٹاتے ہوئے تسلی دی تھی مگر ساتھ ہی ہدایت بھی کی تھی کہ وہ جلد از جلد کوئی مستقل انتظام کر لے۔ جوں جوں وقت گزرتا جا رہا تھا اس کے والدین کا اصرار کہ وہ ننھیال میں شادی کرنے پر رضامند ہو جائے، بڑھتا جا رہا تھا مگر وہ اپنی بات پر اڑی ہوئی تھی۔

پھر ایک دن میری چھٹیوں کا حساب کر کے وہ نہایت پریشان ہوئی کہنے لگی، "تم چلے جاؤ گے تو میں ایک دن بھی اس کال کوٹھڑی میں زندہ نہیں رہ سکوں گی۔"

مجھ سے اکثر اپنی سہیلیوں، ان کی مصروفیتوں اور کپڑوں گہنوں کے بارے میں پوچھتی۔ شیدو آتی تو اس سے دیر تک سرگوشیاں کرتی۔ گاؤں کے تالابوں، ٹیلوں، فصلوں، کھیتوں اور دھوپ میں چرتے ہوئے مویشیوں کے بارے میں پوچھتی۔ بیٹھی بیٹھی اچانک مجھ سے پوچھ لیتی، "جلاہوں کے گھر کے سامنے والی گلباسی پر پھول لگتے ہیں؟"

"مسجد کی منڈیر پر کبوتر بیٹھتے ہیں؟"

"پنگھٹ کے کنوئیں کی چرخی سے گیڑتے ہوئے روں روں کی آواز سنائی دیتی ہے؟"

کبھی کبھی مجھے وہ چٹھیاں زبانی سناتی جو اس نے مجھ سے لکھوا کر وقتاً فوقتاً شیدو مہترانی کے ہاتھ اسے بھجوائی ہوتیں۔ میں حیران ہوتا اس کی یادداشت اور حافظے کی داد دیتا۔ وہ چٹھی کا مضمون سناتی اور مجھے یاد آتا کہ میں نے بالکل یہی کچھ لکھا تھا مگر لکھتے وقت میرے وہم گمان میں بھی نہ تھا کہ اسے وہ سب باتیں ازبر ہو جاتی ہوں گی۔

پھر ایک رات اس کی ماں ملنے آئی تو دونوں ماں بیٹی دیر تک باتیں کرتی رہیں اور اگلے روز مجھے یہ جان کر بے حد حیرت ہوئی کہ وہ اپنے ماموں زاد سے شادی کرنے پر رضامند ہو گئی تھی۔ میں نے پوچھا تو رو دی۔ کہنے لگی، "کیا کرتی؟"

"اور وہ" میں نے پوچھا، "جسے ہم نے اتنے خط لکھے۔"

کہنے لگی، "اس کا ذکر اور انتظار اب فضول ہے۔ وعدہ کرو تم بھی اب اس کا ذکر کبھی نہیں کرو گے۔"

میں نے وعدہ کر لیا مگر میں حیران تھا اور پریشان بھی۔ اب کسی روز چپکے سے اس کا ماموں زاد جو اسے ایک آنکھ نہیں بھاتا تھا۔ آئے گا اور اسے لے جائے گا۔ شہنائی بجے گی نہ ڈھولک۔ اسے مہندی لگائی جائے گی نہ اس کی سہیلیاں گیت گائیں گی اور سب سے بڑھ کر وہ صدمہ جو ایک نہ ایک دن پورے گاؤں کو مل کر سہنا تھا اب مجھ اکیلے کو برداشت کرنا ہو گا۔

اور پھر ایک رات۔۔۔

جب چاند ڈوب چکا تھا۔ ہوا بند تھی اور باہکوں سے ریوڑوں کی رکھوالی کرنے والوں کی گھگھیائی ہوئی آوازیں آ رہی تھیں، گلی میں آہٹ ہوئی اور پانچ چھ مسلح گھوڑ سوار گھر کے دروازے کے سامنے آ کر رکے۔ پچھلے کئی دنوں سے مختلف

اطراف سے ڈاکے پڑنے کی خبریں آ رہی تھیں۔ ہمارے اوسان خطا ہو گئے مگر ابا نے آگے بڑھ کر دروازہ کھول دیا۔ پتہ چلا کہ بارات تھی۔

پورے چالیس روز بعد خوفناک، طویل اور باگھ بگھیلی رات ختم ہوئی تھی یا شاید شروع ہوئی تھی۔

تھوڑی دیر میں اس کے ماں باپ، نمبر دار اور مولوی صاحب بھی آ گئے مجھے چھت پر نگرانی کے لئے بھیج دیا گیا۔

جب نکاح ہو رہا تھا، اچانک میرا جی چاہا سب سے اونچی منڈیر پر کھڑے ہو کر ہوکا دوں۔ "گاؤں والو۔۔۔ جاگو۔۔۔ گاؤں لٹ گیا۔"

رخصت ہونے سے پہلے اس نے مجھے اندر بلوایا۔

گلے لگا کر دیر تک روتی رہی۔ پھر جاتے ہوئے سسکی روک کر آہستہ سے بولی۔

"تمہارے کپڑوں کے ٹرنک میں ایک پوٹلی رکھی ہے اسے سنبھال کر رکھنا۔"

دوسرے روز صبح ہوئی۔ چڑیاں چہچہائیں۔

کوے بچھڑے ہوؤں کے سندیسے لے کر منڈیروں پر آ بیٹھے

جلاہوں کے گھر کے سامنے والی گلباسی پر پھول کھلے

پنگھٹ کے کنوئیں کی چرخی سے کرلانے کی آواز گونجی۔

اور سیڑھیوں کے درمیان بیٹھ کر اپنے نام اپنے ہاتھ کے لکھے ہوئے خطوط پڑھتے ہوئے میری آنکھوں سے آنسو بہہ نکلے۔

***

۹

دوپہر اور جگنو

اس کی بیوی اسے جگاتی ہے تو وہ ہڑبڑا کر اٹھ بیٹھتا ہے۔

"کیا ہوا؟۔۔۔ خیر تو ہے؟"

"چھ بج رہے ہیں اب اٹھ جایئے۔"

"اوہ میں سمجھا۔۔۔ پھر کوئی بری خبر!"

"وہ دھڑکتے ہوئے دل پر ہاتھ رکھ لیتا ہے۔ پھر کہتا ہے"

"روز کہتا ہوں نیک بخت۔۔۔ مجھے اس طرح نہ جگایا کرو"

"آپ تو یوں ہی بدک جاتے ہیں" اس کی بیوی باورچی خانے کی طرف جاتے ہوئے کہتی ہے"

"پتہ نہیں ہر وقت کیا ڈراؤنے خواب دیکھتے رہتے ہیں۔"

"خواب؟ وہ خود سے سوال کرتا ہے۔ تو کیا یہ سب خواب تھا۔۔۔ مگر کیسا بھیانک طویل اور مکروہ خواب۔"

ہاں! ہاں، یہ خواب ہی تو تھا۔۔۔ ابھی ابھی جب اخبار آئے گا۔ اس پر دسمبر ۱۹۷۰ء کی کوئی تاریخ درج ہو گی۔

رضائی میں لیٹے لیٹے وہ دیوار پر لگی گھڑی کی طرف دیکھنے لگتا ہے۔ اس کی بیوی نے بتایا ہے کہ چھ بج گئے ہیں مگر ابھی چھ بجنے میں دو منٹ باقی ہیں سوئی چھ کے ہند سے کو چھو رہی ہے مگر ابھی چھ نہیں بجے۔۔۔ یہ چھ اس وقت تک نہیں بج سکتے جب تک بڑی سوئی بارہ کے نقطے کو نہ چھولے۔ مگر یہ بڑی۔۔۔ صرف نام کی بڑی ہے اسے بڑی پر ترس آنے لگتا ہے جو دائرے کا پورا چکر کاٹ کر آتی ہے۔ چھوٹی نے اس کے مقابلے میں بارھواں حصہ سفر طے کیا ہے لیکن ابھی جب گھنٹے بجیں گے تو اس کا سہرا چھوٹی کے سر ہو گا۔

چھ بجتے ہیں !

وہ ساتھ ساتھ گنتا جاتا ہے"

اسے معلوم ہے کہ جب چھوٹی چھ پر اور بڑی بارہ پر ہے تو چھ ہی بجیں گے۔ لیکن پھر بھی اسے شک ہے کیا خبر گھڑی میں کوئی خرابی ہو گئی ہو اور آج وہ پانچ یا سات بجادے۔ چھ تک گنتی پوری ہونے پر وہ اطمینان کا سانس لینا چاہتا ہے کہ اس کی نظر روشندان پر لگے ہوئے خاکی رنگ کے کاغذوں پر پڑتی ہے ان کھرچے ہوئے کاغذوں کو دیکھ کر اسے بلیک آؤٹ یاد آتا ہے۔ پھر اس کے کان میں سائرن کی آواز گونجتی ہے۔

خندق۔۔۔ دھماکہ۔۔۔ خون۔۔۔ لاشیں۔۔۔ دھواں اور گھپ اندھیرا۔۔۔"

"بنگلہ دیش"۔۔۔ مکتی باہنی!!"

عجیب واہیات خواب تھا۔

لیکن یہ مکتی باہنی کیا ہوتی ہے یہ کس زبان کا لفظ ہے اور اس کے ذہن سے کیوں چپک گیا ہے۔ کہیں یہ خواب کی بجائے کوئی حقیقت نہ ہو کہ ہم جنگ ہار گئے ہیں۔۔۔ اس کا دل ڈوبنے لگتا ہے خدا کرے یہ خواب ہی ہو۔۔۔ خواب کی کرچیاں اس کے دل کو لہولہان کرنے لگتی ہیں۔

اس کے ذہن میں توپ دغنے لگتی ہے "شکست۔۔۔۔ شکست۔۔۔۔ شکست" دھماکوں کا دھواں کم ہوتا ہے تو اس کے ذہن میں لفظ ابھرتے ہیں۔

"پاسپورٹ۔۔۔۔ بائیس خاندان۔۔۔۔ زر مبادلہ۔۔۔۔ بنگلہ بند ہو۔۔۔ قومی ملکیت۔۔۔۔ عوامی حکومت!"

عوامی حکومت کا خیال آتے ہی اسے یقین ہو جاتا ہے کہ یہ سب کچھ خواب تھا وہ بیوی کو بلا کر شک دور کرنا چاہتا ہے کہ گلی میں ہاکر آواز گونجتی ہے۔ "اخبار اے" اس کے دھیان خواب کی باتوں سے ہٹ کر ہاکر نیوز ایجنٹ اور اخبار کے مالک کی طرف چلا جاتا ہے۔ اس لمحے اس کا بڑا بچہ اخبار لا کر سامنے رکھ دیتا ہے۔ وہ اخبار اٹھا کر دیکھنا چاہتا ہے لیکن کسی انجانے خوف سے اس کا ہاتھ لرز کر رہ جاتا ہے۔ پتہ نہیں آج کس ملک نے کس بڑی طاقت کے اشارے پر کس ملک پر حملہ کر دیا ہو؟

پتہ نہیں آج کسی ملک کی فوج نے وہاں کی حکومت کا تختہ الٹ دیا ہو اور کیا خبر وہ حکومت الٹے ہوئے تختہ کو پھر سیدھا کر کے اس پر بیٹھ گئی۔ یا ابھی تک تختے پر پڑی ہو۔

نہ جانے آج کہیں ہوائی جہاز گاڑی یا بس کا حادثہ ہو گیا ہو یا کہیں طوفان اور زلزلے کی وجہ سے ہزاروں انسان موت کی نیند سو گئے ہوں کسی کارخانے میں آگ

لگ گئی ہو یا کسی دکان کو لوٹ لیا گیا ہو۔ کسی کی بہو بیٹی گھر سے بھاگ گئی ہو یا اغوا کر لی گئی ہو۔

نہ جانے آج کس وجہ سے بھائی نے بھائی کا خون کر دیا ہو۔ باپ نے بیٹے کو عاق کر دیا ہو۔ اور کیا پتہ جب وہ اخبار اٹھا کر دیکھے اس میں جنوری ۱۹۷۲ء کے بجائے کوئی اور تاریخ چھپ گئی ہو۔

مگر نہیں۔۔۔ وہ تو خواب تھا۔۔۔ طویل بھیانک اور مکروہ خواب!

اسے شک دور کرنے کے لئے اخبار دیکھنا چاہئے۔

وہ اخبار دیکھتا ہے

اخبار میں سانپ لپٹا ہوا ہے۔ وہ چیخنا چاہتا ہے لیکن سانپ اس کے گلے کے گرد کنڈلی مار لیتا ہے اور اپنی دو شاخی زبان سے اس کا دماغ چاٹنے لگتا ہے۔ پھر اتر کر سیمنٹ کنکریٹ کے پکے فرش میں گھس جاتا ہے۔

وہ اخبار کو اچھی طرح الٹ پلٹ کر دیکھتا ہے۔ اخبار کورے کاغذوں کا پلندہ ہے اس پر کوئی سرخی، کوئی لفظ نہیں ہے۔ وہ گھبرا کر آنکھیں ملتا ہے کہیں وہ اچانک بصارت سے محروم نہ ہو گیا ہو۔

وہ اخبار سے منہ ڈھانپ لیتا ہے۔

اس کے کانوں میں لاکھوں سسکیوں، آہوں، چیخوں اور دھماکوں کی آوازیں گونجنے لگتی ہیں۔ وہ دیر تک بے حس و حرکت پڑا رہتا ہے۔ پھر پورے زور سے چیخ کر کہتا ہے۔

"ہاں ہم ہار گئے، ہار گئے!"

اس کے ساتھ اس کی آنکھ سے کوئی آنسو نہیں گرتا۔

مگر اخبار کے اوراق پر آہستہ آہستہ الفاظ ابھرنے لگتے ہیں، سرخیاں شہ سرخیاں، تصویریں، خبریں، کالم، کارٹون، نظمیں اداریہ اور جنگی قیدیوں کی فہرست!

وہ خبروں کی سرخیاں یوں جلدی دیکھتا ہے جیسے بہت سے زخمیوں اور مرنے والوں میں اپنی لاش تلاش کر رہا ہو۔ دوسرے کمرے کا دروازہ زور سے بند ہونے کی آواز آتی ہے وہ اچھل پڑتا ہے۔

پھر چیخ کر کہتا ہے۔

"ہزار بار کہا ہے دروازہ آہستہ بند کیا کرو۔"

کچھ عرصہ سے اچانک شور یا آہٹ سے کا دل بری طرح دھڑکنے لگتا ہے۔ اس کے قریب سوکھا پتہ گرے تو اس کا دل دھک دھک کرنے لگتا ہے۔ ڈاکٹر نے سے یقین دلایا ہے کہ اس کا دل ٹھیک ہے۔ البتہ اسے اپنے دماغ کو صاف رکھنا چاہئے۔

دروازے پر کسی گداگر کی صدا گونجتی ہے "اللہ کے نام پر روٹی کا سوال ہے"۔

اس کی چھ سال بچی منہ ہاتھ دھو کر جلدی جلدی آتی ہے اور باورچی خانے سے روٹی لے کر دروازے کی طرف جاتی ہے وہ تڑپ کر بستر سے نکلتا ہے اور بھاگ کر دروازے کی طرف آتا ہے۔ اس کے کندھے پر لمبے لمبے تھیلے لٹک رہے ہیں اور جیسے وہ ابھی ابھی بچی کو کلوروفام سنگھا کر اور اپنے تھیلے میں ڈال کر غائب ہو جائے گا۔ وہ لپک کر بچی کو بازو سے پکڑ کر اندر گھسیٹ لاتا ہے۔ پھر بیوی سے الجھ پڑتا ہے۔

تمہیں یعقوب علی کی بچی کے اغوا کا قصہ بھول گیا ہے کیوں بچی کو خیرات دینے کے لئے بھیجتی ہو۔"

نہادھو کر جب وہ ناشتہ کرنے بیٹھتا ہے پھر اخبار اٹھا کر دیکھنے لگتا ہے۔

"بیوی نے شوہر کو کھانے میں زہر دے دیا۔"

ڈبل روٹی کا ٹکڑا اس کے منہ میں ہے لیکن وہ چبا نہیں سکتا۔ اسی لمحے اس کی بیوی اندر آتی ہے۔ "آپ کھاتے کیوں نہیں؟"

اس کا شک یقین میں بدل جاتا ہے۔ وہ ناشتے کی چیزیں بیوی کے منہ پر دے مارنا چاہتا ہے لیکن پھر اسے ہنسی آجاتی ہے۔

اس کے دفتر جانے سے پہلے بچے سکول چلے جاتے ہیں لیکن وہ اس کا ذہن بھی ساتھ لے جاتے ہیں۔ سکول کا راستہ خطرناک ہے۔ سڑکوں پر تانگوں، بسوں، اور کاروں کا دریا بہتا ہے۔ اس نے کئی بار سوچا ہے کہ بچوں کو موٹر سائیکل پر خود سکول پہنچایا کرے۔ لیکن اسے خوف آتا ہے کسی بچے کی ٹانگ پہیئے کی تاروں میں نہ پھنس جائے۔ موٹر سائیکل کسی بس یا ٹرک پر بکھرنے کا تصور کر کے وہ کانپ جاتا ہے اور اب تو ڈاکٹر نے اسے موٹر سائیکل چلانے سے منع کر دیا ہے۔ وہ خود بھی کئی دنوں سے بس یا رکشہ سے دفتر جاتا ہے۔

دفتر جانے سے پہلے اسے قریبی دکان سے گوشت یا سبزی لانا ہوتی ہے۔ وہ لپک کر گوشت کی دکان پر پہنچتا ہے۔ اس نے ایک بار اخبار میں کتوں کا گوشت فروخت ہونے کی خبر پڑھی تھی دبنے تو آسانی سے پہچانے جاسکتے ہیں مگر کتوں اور بکروں میں تمیز کرنے کے لئے اسے کافی محنت کرنا پڑتی ہے۔

گھر سے نکلنے سے پہلے اس کی بیوی شاپنگ کیلئے اجازت مانگی ہے وہ مڑ کر حسرت بھری نگاہ اپنے مکان پر ڈالتا ہے۔ شاید وہ آخری بار اپنے گھر سے جا رہا ہے۔۔۔ کیا

معلوم وہ جس بس میں سوار ہو وہ حادثے کا شکار ہو جائے۔ جب اس کی لاش گھر لائی جائے اس کی ٹانگیں کٹ چکی ہوں۔ کھوپڑی کے دو حصے ہو گئے ہوں اور سڑک سے گھر تک کا سارا راستہ اس کے خون سے سر ہو گیا ہو۔ پھر اسے اپنے بچوں اور اپنی بیوہ اپنے رشتہ داروں اور اپنی انشورنس پالیسی کا خیال آتا ہے۔ انشورنس پالیسی کا خیال آتے ہی پریمیم تنخواہ اور گھر کے اخراجات کا حساب کرنے لگتا ہے۔

آفس ٹیبل پر بیٹھتے ہی اس کی نظر اپنے نام ایک خفیہ پر پڑتی ہے اور جیسے کسی نے ملازمت کا دروازہ زور سے بند کر دیا ہو۔ اس کا دل دھک دھک کرنے لگتا ہے۔

کل وہ دو گھنٹے کی چھٹی لے کر ہسپتال گیا تھا وہاں رش ہونے کی وجہ سے دفتری اوقات میں واپس نہیں آسکا تھا۔

پچھلے ہفتے اس کی میز سے ایک فائل چوری ہو گیا تھا۔

جنگ سے پہلے بڑے صاحب کا لڑکا ولایت سے لوٹا تھا تو وہ بیوی کی علالت کی وجہ سے بروقت مبارک باد دینے نہیں جاسکا تھا۔

پچھلے برس آڈٹ والوں نے اس کے حساب کتاب میں غلطیوں کی نشان دہی کی تھی۔ وہ دھڑکتے ہوئے دل کے ساتھ خفیہ خط (CONFIDENTIAL LETTER) کھولتا ہے یہ اس کی ترقی کے لئے دی ہوئی درخواست کا جواب ہے۔

"فی الحال یہ ممکن نہیں"

اس کی جان میں جان آتی ہے۔ اسے یہ سوچ کر بے حد اطمینان ہوتا ہے کہ وہ خط اس کی جواب طلبی یا برطرفی کا نہیں ہے۔

بارہ بجے کے قریب اسے اپنا گھر بیوی اور بچے یاد آتے ہیں۔

کسی بچے کا سکول سے لوٹتے ہوئے ایکسیڈنٹ نہ ہو گیا ہو۔

اس کی عدم موجودگی میں کوئی ناپسندیدہ رشتہ دار مرد، مہمان بن کر گھر نہ آگیا ہو۔

بیوی شاپنگ کر کے لوٹنے کی بجائے کسی کے ساتھ نہ چلی گئی ہو۔

اس کا جی چاہتا ہے دفتر سے چھٹی لے کر فوراً ہسپتال پہنچے جہاں اس کے حادثے میں زخمی ہونے والا بچہ آخری سانسیں لے رہا ہے لیکن فوراً ہی اسے خیال آتا ہے کہ اتنی دیر میں اس کی بیوی بھاگ جانے میں کامیاب ہو جائے گی۔ اسے سب سے پہلے سٹیشن یا بس کے اڈے پر پہنچنا چاہئے۔ ڈاکٹر کی ہدایات یاد آتے ہی وہ اپنی خود ساختہ پریشانیوں کو ذہن سے جھٹکنا چاہتا ہے کہ کنپٹی پر درد کی شدید ٹیس محسوس ہوتی ہے۔ کئی دن سے درد کی یہ لہر سر کے پچھلے حصے سے اٹھ کر کنپٹی اور بائیں آنکھ پر آکر رک جاتی ہے۔ رضا صاحب کو بھی پہلے پہلے ایسی ہی شکایت تھی۔ لیکن دماغ کی رگ پھٹ جانے کے خوف سے وہ جلدی جلدی ہسپتال پہنچنا چاہتا ہے۔

ہسپتال سے سکون اور نیند کی گولیاں لے کر وہ سیدھا بازار چلا جاتا ہے۔ بچوں کے ریڈی میڈ خوبصورت کپڑوں کی دکان دیکھ کر اسے اپنی بچی یاد آتی ہے۔ وہ بچی کے لئے ایک خوبصورت فراک پسند کرتا ہے۔ لیکن پیسے دینے سے پہلے اسے خیال آتا ہے کیوں نہ وہ گھر جا کر پہلے بچی کی خیریت معلوم کر لے۔ وہ فراک چھوڑ کر سیدھا گھر پہنچتا ہے۔

بیوی کھانا لاتی ہے۔ بچے سکول، کھیل، کتابوں اور امتحانوں کی باتیں کرتے ہیں اور اسے یوں محسوس ہوتا ہے جیسے اب کبھی درد کی لہر اس کی کنپٹی تک نہ آتے گی۔

لیکن رات کو جب وہ سونے کے لئے بستر پر لیٹتا ہے نظر نہ آنے والے ان گنت زہریلے چیونٹے اس کے جسم سے چمٹ جاتے ہیں پھر اس کے جسم اور کھوپڑی میں سوراخ کر کے اندر گھس جاتے ہیں۔ وہ دیر تک کروٹیں بدلتا رہتا ہے۔ پھر خواب آور گولیاں کھالیتا ہے۔

اب اسے نیند آنے لگتی ہے لیکن وہ اس نیند سے بے حد خوف زدہ ہے۔ یہ موت ایسی نیند زبردستی اس پر مسلط ہوئی جاتی ہے۔ وہ اٹھ کر بھاگنا اور گلا پھاڑ پھاڑ کر چیخنا ہے چاہتا ہے۔ "مجھے اس نیند سے بچاؤ" مگر وہ حرکت نہیں کر سکتا چیخ اس کے گلے میں اٹک کر رہ جاتی ہے۔ ایک دم گھونٹنے والا دھواں اس کے چاروں طرف پھیل جاتا ہے۔

اس کے دماغ میں توپ دغنے لگتی ہے۔ "شکست۔۔۔ شکست۔۔۔ شکست" دھواں گہرا ہو جاتا ہے۔ کلوروفام کی سی بو سے اس کا دم گھٹنے لگتا ہے۔

وہ دیکھتا ہے۔ اس کے دماغ کا آپریشن ہو رہا ہے۔

اس کے جسم کے سارے اعضاء الگ الگ کر دئے گئے ہیں۔ دونوں ٹانگیں مرجھائی کونے میں پڑی ہیں۔ دونوں بازو میز پر رکھے ہیں۔ اس کی کھوپڑی چیر کر اس میں سے موٹی موٹی گردنوں والے چیونٹے نکالا جا رہے ہیں وہ میز سے اپنا ایک ہاتھ اٹھالیتا ہے۔ ٹرے میں اس کا دل پڑا دھڑک رہا ہے۔ قریب ایک بوتل میں اس کی روح کلبلا رہی ہے۔ وہ بوتل کا ڈھکنا کھول دینا چاہتا ہے لیکن نرس بوتل چھین کر الماری میں بند کر دیتی ہے۔

اسی لمحے ڈاکٹر خوش ہو کر کہتا ہے۔

"یہ رہا درد۔"

"ڈاکٹر درد کو چمٹی سے پکڑ کر اسے دکھاتا ہے۔ یہ ایک چھوٹا نوکیلا سا پتھر ہے۔ سیاہ۔۔۔ بھورا۔۔ یا شاید گہرے سبز رنگ کا۔

ڈاکٹر کہتا ہے۔

"یہ درد ہے۔۔۔ یہ تمہاری کھوپڑی سے نکلا ہے۔ آج کل جو ہوا چلتی ہے۔ اس میں ایسے بہت سے باریک باریک ذرات ہوتے ہیں جو آہستہ آہستہ کھوپڑی میں جمتے رہتے ہیں اور پھر درد کا نوکیلا پتھر بن جاتے ہیں۔ تمہیں آئندہ احتیاطاً سانس نہیں لینی چاہئے۔"

اس کی بیوی اسے جگاتی ہے تو وہ ہڑبڑا کر اٹھ بیٹھتا ہے۔

"کیا ہوا۔۔۔ خیر تو ہے؟"

"چھ بج رہے ہیں اب اٹھ جایئے"

"اوہ۔۔۔ میں سمجھا شاید پھر کوئی بری خبر۔۔؟"

وہ دھڑکتے ہوئے دل پر ہاتھ رکھ لیتا ہے۔

***

منتخب یادگار افسانوں کا ایک اور مجموعہ

وقت سمندر

مصنف : محمد منشا یاد

بین الاقوامی ایڈیشن منظر عام پر آچکا ہے